別ればなし
TOKYO 2020.

LiLy

Contents

Introduction

「本当に幸せな人はＳＮＳで幸せを匂わせたりしない」
いいね！が１００万を超えるバズツイートにひとこと。
あまりにも幸せすぎて、いてもたってもいられなくて、
世界に向かって叫びたくなる瞬間は人生のハイライト。

衝動的に打っているのは自分でも、
そのコントロールは既に自分にない状態なのだ、
勝手に打ち上がってしまう花火みたいなものだから。

最後に教えてあげるよ。
そんな自分のプライベートな内側を
パブリックな外側へと放つバズーカには、
最大にして最高のメリットがあることを。

男女関係における絶頂をＳＮＳに投稿するのは、
人前でするディープキスと同じような効果がある。
それをひとことでいうならば、「外野のドン引き」。

引け、引け、散れ、散れ、いらねぇんだよもう誰も。
周りがドッと引けば引くほど、残る世界に二人きり。
お互いのことしか眼中に入らない状態の二人は無敵。

それぞれの社会的立場や周囲からの好感度を頭で計算し、
本当は今すぐにしたくてたまらぬキスを我慢できる程度を
「恋」と呼んでいるのなら、アンタら一人残らず永遠の童貞。

ヒガミを正論っぽくＳＮＳに投稿する人種が大嫌い。
素直になれよ。こじらせた挙句の上から目線やめろ。
さようなら、ツイッター。結婚します。

２０２１年２月14日の時点で46万人のフォロワーを獲得していた地下アイドル・神谷《かみや》ユウカは、同日０時０分から始まるこれら７つのツイートを残し、表舞台から完全に姿を消した。

Never Ending Story.

Chapter 1.

―――― 2020年2月、東京、渋谷。

――――2020年2月、東京、渋谷。

落日間近のいつものカフェ。正方形の室内がオレンジ色に染まっている。

壁には4月から全席禁煙になることを知らせる張り紙。空間にはラストスパートをかけるようにモクモクとただよう白い煙。目の前には黒いパーカのフードをかぶり、片耳には白い綿棒みたいなAirPodsを突っ込んで、ステッカーが隙間なく貼られたパソコンを広げて座るいつものサイ。

「なぁ、キリ。ちきしょうって言ってみて?」「ちッきしょう!」「ん、なんか違うな」「アハハ。ちきしょうって畜生《ちくしょう》の崩れた系でしょ? そもそも畜生ってどういう意味なの?」「ん、確かに。ちょっとググるわ」

いつもの調子で会話をしながらも、キリは切り出すタイミングを見計らっていた。ここ数ヶ月のあいだ、ずっと探し続けているがその瞬間はなかなか訪れない。

半年前からキリの心は決まっている。が、その言葉の受け取り手であるサイの気持ちのほうは、未だに安定していないように感じられる。

そんな時は、タイミングこそがすべてなのである。

念を送るような気持ちでしばらく見つめてみたものの、サイはパソコンの中の「畜生」に全神経を集中させている。肩が落ちるとともに目線も落ちる。カフェの傷んだフローリング、やっと革が馴染んできたマーチンのブーツ。ほどけている靴紐に気づいて、キリはテーブルの下にもぐりこむように頭を下げる。

奥のほうでユラユラ揺れる、白い靴下を履いた27センチのサイの足。黒いコンバースが、足から落ちたまんまのかたちで転がっている。まだ夏の猛暑が残る9月だった、この靴をサイが買った時。そして、その日も今と全く同じようにタイミングを探っていたことを思い出してハッとなる。やり場のない苛立ちをぶつけるようにマーチンの紐をキュキュッと強く、強く結び、もう、今、言ってしまおうかと顔を上げると同時にサイが言った。

「やべ。もう、行かなきゃ」「え、どこ行くの?」

何故、こんなにもタイミングを摑めないのか。

「オーディション」「あ、それ今日だったの?」

パタンと閉じたパソコンをリュックの中に突っ込んで、サイは立ち上がる。

「じゃ、またな!」コンバースを足に、リュックを肩に引っかけて、サイはキリの横を風のように走り去っていった。

突然置き去られたカフェにてキリは一人、もうメールでもいいのではないか、と考えた。が、イヤイヤそれこそ最悪なのだとすぐに思い直す。

自分の視界の外へと走り去った後のサイが、どんな瞬間にメールを読むのかは全くもって予測が不可能。

きっと今頃、サイの耳はまたAirPodsで塞がれているが——キリと向き合って会話をしている時でさえ片方は塞がれたままだったりする——メールを読むタイミングでそこから何が流れているかによっても、サイの反応は変わってくると思われる。

サイとは音楽の趣味がとても合うから、そこから二人の好きな曲が流れている可能性は低くはないが、サイが自分の声を録音したものを聞いている可能性も今は高い。どちらなのかによっても、サイの対応は１８０度変わってくる。

気持ちが定まっていない人間は、その時の気分によって言動が大きく左右される。

もちろん、サイの心がキリのそれと同じくらい固く、せめて耳に入ってくる音ごときで揺れ動いてしまわない程度にはしっかりと決まってくれることがベストだ。が、その時がくるのを待っていたら、東京オリンピックが終わる頃でもこのままだろう。

そもそもサイは、マインドセットで感情を固定するタイプの人間ではないのかもしれなかった。

「ずっと一緒にいてよ。オレにはお前以上の存在なんて、この先あらわれないと思うんだ」なんてことを隣に座った状態で、真剣な目をしてまっすぐに伝えてきた最中に受けた電話で、「ああ、今？　何もしてない。行くわ」と立ち上がり、サイはどこかに出かけて行ってしまう。そう、さっきみたいな調子で。

出会ったばかりの頃は驚いたが、今はもうすっかり慣れてしまった。サイはまるで、糸の切れた凧《たこ》。振り回されることも多いが、最後にはいつも受け入れてしまう。その唯一の理由は、そんな自分にサイ自身が最も振り回されて苦しんでいる姿を何度も見たことがあるからだ。

どこまでも身勝手で、だけど果てしなく繊細なサイを、キリは傷つけたくはなかった。

だからこそ、どの瞬間に言葉を投げるかが鍵だった。タイミングを誤れば、自分の口から想像を絶するほどの暴言がサイへと溢れ出すリスクもある。それに、二人の考えが一致する瞬間にのみ、人生はとてもスムーズに次のコマへと進むのだ。その瞬間を外せば、愛を持って放たれた言葉は簡単に武器と化し、どちらの心からも血が流れる。

さぁ、いつ投げる。

手にダーツの矢を握りしめた状態で瞬間を狙い続けるのに、半年という時間は長い。が、その中で引き延ばされている関係そのものに緊迫感は皆無だった。

終わり始めた夏の哀愁に胸を焦がされた9月から、しつこい寒さにも防寒用の重たいコートにもスッカリ飽き始めた2月へと、キリとサイの関係はノーセックスな状態を保ったまま——つまりはそのまま何もなく運ばれた。

盛りのついた動物みたいに求め合っていた春——たった10ヶ月前の出会いの春が、キリにとっては教科書に載っていた江戸時代の出来事であるかのように感じられる。

タイミングを重視しすぎてここまできてしまった。が、胸にずっとかかったままのモヤを消し去るためだけに切り出したりはしなかった今までの自分をキリは褒めたかった。

それなのに——サイのコーヒー代480円を貸しとしてまとめて支払いカフェを出ると、外はすっかり夜になっていて、渋谷駅へと流れる人の波に交じって歩いているとどうにも気分がどこまでも落ちていって、スクランブル交差点の前で足を止めたら泣きたい気持ちが溢れ出してきて、こみ上げる涙に追いつかれたくなくて青信号を走り出した勢いのままに——キリはラインを打ち込んで送信ボタンを押してしまった。

☽

「ちきしょう。二度と会うこたぁねぇでしょうが、せいぜいお達者で」

あえて感情は一切込めずにセリフを朗読しているのだが、自分の声で棒読みされた「ちきしょう」は我ながら滑稽だ。サイはＮＨＫへと続く坂道を上がっている。

一話目で斬られて死ぬ役だが、大河だ。決まればデカイ。

一分にも満たない録音データをもう一度最初から再生し、サイはセリフを頭に叩き込む。もちろん既に空を見ながらでも言えるが、本番の緊張で飛ばすわけにはいかないのだ。使い慣れていない時代劇特有の言葉遣いも、役者歴5年のサイにとって初めてだ。

一歩一歩、足を進めるたびに本番へと身体が近づいてゆく。役が欲しいと願う気持ちの分だけ、胸が苦しくなってくる。分厚いコートの上から背おったリュックは肩にズシリと重く、細切れに吐き出される息は白い。渋谷から原宿へと続く線路沿いの道は、いつもどおりに人が少ない。

山手線が乱暴なスピードで通り過ぎる。一時間後、この道を下る頃にはもう本番は終わっている。そう思ったら怖くなった。

「ちきしょう」の「う」のところでティンッ！　と小さな電子音が重なった。集中を遮られることに何よりも腹が立つサイは、大きく舌打ちしたい気分で、だけどポケットからスマホを取り出した。さっき別れたばかりのキリからのライン通知。短い一文がそのまま画面に表示されていた。見なかったことにするには、心が乱れる内容だ。

「ちきしょう」

本番のためにとっておきたかったナチュラルな音色が、サイの口から流れ出た。

不愉快だ。このタイミングで、感情をかき乱されたことが。何故、女という生き物はこんなにも自己中心的なやり方で、それでいてあくまでも他人との恋愛なんてものに、人生の重きを置けるのか。うんざりするが、「ダメ、絶対」。パッと短く返信し、スマホの電源を落とした。

セリフは頭に入っている。この乱れた心をどうにか芝居に生かせないだろうか、と考えている。サイは、キリを失いたくはなかった。

☽

「私は、麻薬か」

山手線のホームにいたキリは思わず口に出して言っていた。サイからの予想外の5文字返信にうっかり滑り出た声は、あくまで冷静だった。が、だからといってもうコンマ一秒も待ちたくなかった。

「でも、どうして？」相手からの球を瞬時に叩き返すテニスプレーヤーのようなスピードで返信したが、相手はすでにコートそのものから出た後だった。このまま家に帰りたくなくて、目の前でいくつもの電車を見送った。最重要視していたタイミングの大失敗を理解はしているが、待てど待てど、既読がつくことはなかった。

ランプの明かりのみをつけた、キリの寝室。持ちビルの最上階、1LDK。ダブルベッドにポツンと座るキリを包むオレンジ、ランプシェイドからの光。キリの手の中のスマホの小さな液晶、マットなブルー。

日付が変わっても、返事はおろか既読になる気配もしない。ラインの画面に、人が来る気配なんてものが漂うことがあるのかもわからないが。

生成《きなり》のガーゼでできた柔らかなカーテンが、新宿の夜景を外側に透かしている。キリは、長い夜を丸ごと持て余しはじめた。ザワザワする胸で、サイの自宅を思い浮かべる。

ラブホテルが並ぶ通りの裏路地、渋谷。アパート一階小さな1K。朝になっても深夜と同じ暗さを保つ、黒に限りなく近い濃紺の遮光カーテン。そのミリ単位の隙間から入り込む光の筋が、キリはとても好きだ。

でも今夜、サイはそこにはいない気がしてならない。

☽

世の中には、様々な悩みを持った人間がいる。原田《はらだ》カヨコは、眠りにつく前にお悩み相談アプリにログインし、匿名の相談投稿に返事を書き込むことを日課にしている。

すぐ隣で寝息を立てて眠っている沼畑《ぬまばた》タツジは「カヨコのことは何でもわかるんだ。不思議だよなぁ」なんてことを口ぐせのように言うが、実際はカヨコのことをほぼ何もわかっていない。

否、知らない。

「こんなに毎日一緒にいるなら、付き合おうよ。ダメ？」

「ダメ、絶対」

「私は、麻薬か」「でも、どうして？」

未読スルー7時間経過。

——どう思いますか？


恋愛板の新着スレッドが目の前で滑り込み、その瞬間に立ち合えたことにカヨコは身震いする。相談する気が本当にあるのかどうかも疑わしいほどに、大事な情報が何も書かれていない。このような案件にこそ面白いものが多いのだが、今回は特に、その文面に強く興味をひきつけられた。

相談者のアイコンは、オレンジ色のランプシェイド。オンライン中を意味する星がアイコンの横でチカチカと点滅している。

「そのセリフを投げるタイミングを間違えたのでは？」

カヨコが書き込むと、光の速さで返信アリ。

「あ、まさにそれです。ただ、限界でした、もう。腹が立ってしまって」

「なになにいちばん、腹が立ったの？」

「私に指一本触れてこないことです」

「ならば友達では？」

「出会ってからの数ヶ月間は身体の関係がありました」

「そこから関係が切り替わったキッカケは彼の心理の変化？」

「そうです」

「ならば今は友達では？」

「逆です。身体の関係があった頃が友達だったんだと思います」

頭に浮かんだクエスチョンマークとともにカヨコの指が止まったその時、

「誰とメールしてるの？」

耳元でタツジの掠れた声がして、カヨコは息が止まりそうになった。タツジの唇は、そのままカヨコの首筋へとしっとりとおりてゆく。タツジが寝起きだからか、またはカヨコが冷えていたからか、肌を這うタツジの舌をやけにあつく感じる。

「……ビックリした、もう」不審に思って怒っているわけではなさそうなのでホッとしながら話しかけると、タツジが両手を後ろからまわしてカヨコの胸を揉みはじめる。

「タツジ、サプライズを台無しにするのはやめてね」

とっさに出たよくわからない言い訳をタツジは聞いているのかいないのか「いい匂いがする」とつぶやきながら息を荒らげ、そのままカヨコに覆いかぶさった。

今朝寝起きにしたので今夜はしないだろうと油断していたのだが、するらしい。今週末に40歳になるタツジの強い性欲を、カヨコはどこか他人事（ひとごと）のように感心しながら目を閉じて、されるがままに脚をひらく。

薄暗い部屋、シーツの上でしばらく光っていたカヨコのスマホからフッと照明が落ちる。身体の関係があった頃までが友達で、なくなった後からが男女？　カヨコには相談者の言っていることがよくわからなかった。

「今日、排卵日だよね？」「うん」

今まさに挿入しようと膝立ちになっている目の前のタツジをぼんやりと眺めながら、この行為が意味することが丸ごとわからなくなってくる。妊活にここまで協力的な婚約者を持つことは、今年38歳になる自分にとってありがたいことなのだろう。カヨコはまた、他人事のようにそう思う。

あと10分程度で終わるので少し待っていて。できることなら、そう相談者に送りたかった。中で果てたタツジがまた眠りに戻る頃にもまだ相談者がオンラインであること、それだけを願いながらカヨコは天井を見つめていた。

ブラックライトに照らされて、天井にまでイルカが浮かぶ。サイは、数時間前に会ったばかりの自称アイドルを渋谷の自宅ではなく歌舞伎町にあるカラ館の個室に持ち帰った。

「ボク、自分以外の曲で最後まで歌える歌ってないんだ」

「ああ。てか、本当にいるんだな。ボクって言う女子。初めて会ったよ」

「……」

「そういう、なんていうんだろ、ノリ悪いとこオレ好きだよ。無言で返しはしないだろ、なんか言うだろフツー」

「……ボクの名前、覚えてます？」

「覚えてるよ」

「嘘つきですね。ユウカです、ボクの名前」

「ああ。てか、肌、すげぇキレイだな。白くて、モチみてぇ」

ここに連れてきた目的は一つで、さっさと本題に入るべくサイはユウカの顔を覗き込む。間近で見つめられた途端に目を逸らしたユウカにサイは抑えきれないほどの欲情を感じたが、

「キスしたら、怒る？」自分のものとは思えないくらい優しい声が出た。そこに柔らかな唇を押し当ててきたのは、ユウカのほうだった。

ブレーキが外れたサイはそのまま硬いソファにユウカを押し倒し、馬乗りになってパーカをブラジャーごとたくしあげる。その細身のルックスからは想像ができないほどに、身体のどこもか

しこもがマシュマロのように柔らかい。サイは貪るようにユウカの胸に顔を埋めた。

良かった。たいして売れない役者ばかりが集まる飲み会はいつだって胸糞悪い気分で帰ることになるのがオチだが、今夜は違った。一人で家に戻りたくなかった。キリのことで病みたくなかった。最後まで行くか迷いながらも久しぶりに顔を出したら、現実逃避の最たる手段であるセックスにありつけた。

「地下アイドルってどんなことすんの？」

向かいに座っていた、たいして可愛いとも思えない女がアンダーグラウンドでアイドルをしているというので興味本位で聞いてみた。

「ライブですよ。自分に熱狂してくれる人間をＳＮＳで10万人集めれば、そこからは簡単に活動資金も集まるし、買いたい物を買うのに困ることもなく食べていけます。少なくともボクはそうしたし、今もしています。事務所に入って、大河とか、ＮＨＫとか、その手のステイタスがまだ有効だとは思うけれど、ボクは違うレイヤーで生きています」

めっちゃ喋るし、なんかオレ、ディスられてる？　てか、お前のルックスじゃ大手からの正式アイドルは難しいだけでは？　そう思ったがサイは折れてみせた。

「あー、どうなんだろうな。そう言われると、なんかオレってすげぇダセェな」

下心があったからだ。ヤれそうかもって。

「ううん。かわいいですよ、君は」

思わず、飲んでいたウィスキーソーダを吹き出しそうになった。おもしれぇな、こいつ。俄然ヤってみたい。だから言った。

「え、かわいいってお前だけには言われたくねぇよ」

「……見下しています？　ボクのこと」

「ちげぇよ。全然チゲぇよ。可愛い、と言えばお前だからだよ」

——ヤれた、簡単に。


「ボク、ティッシュ持ってる」腹の上に出した精子をテーブルの上にあったおしぼりで拭こうとしたら、手で押し返されて止められた。

隣の部屋から男たちの下手くそで耳障りな合唱が聞こえている。少し前に流行った曲だ。歌手名は忘れた。疲れた。壁の中を泳ぐイルカたちが青く光っている。

床に脱ぎ捨ててあるパンツを穿くのも億劫で、とりあえずテーブルの上に置いたスマホに手を伸ばす。昨夜から逃げ続けているライン通知が、まるで主人の帰りを待つハチ公かのように今もまだトップ画面に表示され続けていた。一気に現実に引き戻される。タバコが吸いたくてたまらなくなる。

ちきしょう。テーブルの上に転がるアメスピの空箱を眺めながらも、頭の中にはキリがいる。

「どうして?」キリの声で、ずっと聞かれている。

「……オレさぁ、好きな女とできないんだよな」

その理由を、サイはそのまま口に出していた。

「え、なにを?」

ユウカに伝えようと思ったわけではなかったが、気づいたら声に出てしまっていたのでそのまま答える。

「セックス」

「……それを、このタイミングでボクに言う?」

「あぁ、うん」

いつの間にか、ユウカは脱がされたことなどなかったかのように服を着ていて、頭にフードまでかぶっている。

「ボクに失礼だ」

怖いくらいに目をまっすぐに見て言われ、サイは思わず息を呑む。

「……そうか、なら、ごめん」

ユウカの目線から逃げるように床からズボンを拾い上げ、穿くことに集中しているフリをする。

「いや、もしかしたら君は、一周まわって人を見る目があるのかもしれない。表面だけ見ていたとしたら、君はボクをこうは扱わないはずだ」

ユウカは怒ってはいなかった。サイはホッとして顔を上げる。

「アイドルだからって意味？」

「メンヘラで売っているから、ボクは。手を出したらめんどくさいことになる重い女子ってことになってる」

「あぁ、そもそもお前のこと知らなかったし。別になんも深く考えてなかったけど」

「……」

「ただ、めんどくさい女、オレは別に嫌いじゃないしな」

「……」

「オレさ、昨日のオーディション、落ちたと思うわ」

サイはテーブルの上の伝票に腕を伸ばしながらわざと話題を変え、店を出るために立ち上がる。


「ごめん、寝てた」

サイからキリにラインが入ったのは、昼を過ぎてからだった。その時キリはスマホを手に持っていたのですぐに気づいたが、数分待ってから返事を打った。サイに対して、心の底からうんざりしていた。

人の気持ちを考えられない。いつだって自分の都合で動き、場面場面であからさまな嘘をついて誤魔化そうとする悪いクセ。これまでにも同じようなことが何度もあった。キリはもう限界だった、ありとあらゆる角度から、サイに対して。

こういう時、メールは最高だ。感情が、文面に出ないから。

「おはよう」「おはよ。昼飯食った?」「まだ」「パンケーキ食いたい」「いいよ」「やった！　原宿行く?　オレすぐ出れる」「シャワーだけあびたら向かう」

ここで怒るより、直接サイに会って、話の決着をつけたかった。


「五郎《ごろう》はさ、死ぬわけだよ」

テーブル席に案内され、席についてもサイは続ける。昨日受けたオーディションの役の話だ。付き合うことについての話題を切り出されないように、隙間をあけずにしゃべり続けているようにキリには見える。

「皮肉としてのセリフであっても、だよ。五郎は、憎しみを持った相手の幸せを願ったんだよ。

その次の瞬間に、相手に殺されるんだぜ？　切ないよな」

「殺した相手のほうが、五郎のこと好きだったのよきっと。相手はウェットで、五郎はドライ」

「ああ、そうとる？　興味深いな」

「あと、五郎は死んだって言うけどさ、はい死んだ、で本当に終わるかな？　って思う。すぐに来世が控えてる」

「え、キリはマジでそういうふうに思ってる？」

「うん」

「なら、終わらないじゃん」

「そうだよ」

タイミングが来たことを直感したキリは、今こそ面と向かって切り出すことにした。

「だから、付き合おうよ」

サイの目が丸くなる。怯えたような顔をしている。

「嫌だよ、なんでそうなるんだよ？」

「即答？　だから、なんで？」

「終わるからだよ」

「……私と、終わりたくないってこと？」

「いつも言ってるじゃん。そうだよ」

「付き合ったら必ず別れるからってこと？」

「別れなかったこと、ある？　じゃあ？　逆に聞くけど」

「……ないよ。でも、じゃあ、どうして別れちゃダメなの？　逆に」

「え？　ちょっと言ってる意味がわかんないんだけど」

「私、ここまできたらもう、サイと付き合わなきゃ終われないんだよね」

「終わりたいの？」

「そう、だね。うん」

「え、ちょっと待って。別れるために付き合いたいってこと？」

「そうかもしれない。このまま、心だけをサイに縛られてる状態がしんどい。ならば、いっそ付き合って、揉めて、傷ついてもいいから、ちゃんと別れて、その後で本当の意味での友達になれたほうがマシかなって。そこまでしないと友達にはなれないんじゃないかなって。言ってる意味わかる？」

「……ああ。今のは少し、わかるかも。つか、むずいな」

「何かしらの変化が欲しいと心の底から思うほどに、今の関係がしんどい、私、もう」

「マジで？　そこまで？　オレたち、仲良くやってたかと思ってた」

「うん。そういうふりもしてた」

「そっか。ごめん。でも、とりあえず」

「とりあえず？」

「まずはパンケーキ頼んで、ちゃんと食おうぜ」

「……わかった。食べ終わったら解決策を聞かせてもらう。だから、考えながら黙って食べて」

　蜂蜜と生クリームがたっぷりかかったパンケーキを、それぞれがスマホを見ながら黙々と食べ続けている。最初に声を出したのは、サイだった。ツイッターをスクロールしていた指を止め、スマホから顔を上げてキリを見た。

「なぁ、いっこだけ聞いていい？」

「うん」

「今日がヴァレンタインって気づいてた？　気づいてて、昨日からこの話オレにふってる？　あ、お前も知らなかったか。おけ、わかった」

　一人完結。変なやつ。でもここで笑ってあげるのも悔しいから、キリは黙ってパンケーキを食べ続ける。

［ボクは君に恋をしたかもしれない。
ハッピーヴァレンタイン］
――@YukaKamiyaOfficial

Who are you.

Chapter 2.

誰かを好きになった時だけだよ、

体の中の心の位置を摑めるのは。

喫煙したい、というサイ側の都合でテラス席。二人きり。混み合う店内を仕切るガラス戸は、モクモクと白く曇っている。この冬ラストの寒波が東京中を襲う中、ここ原宿に降り注ぐ強い日差しが、濡れたパンケーキの表面をキラキラと照らしている。

失うことが怖いから付き合うというカタチをとりたくないと訴えたサイの前には、別れを前提に付き合ってもらえないかと頼み込んだキリが脚を組んで座っている。平行線をたどる二人のあいだで、蜂蜜と生クリームが混ざり合っては溶けてゆく。

「……指、震えてる、大丈夫？」

まん丸だったパンケーキをピタリと半分残してフォークを置いたキリの指先に目線を落とし、「寒いよな。中いく？」とサイが続ける。

「寒くてもいい。タバコ吸ってるサイを見るのは、好きだから」

真正面にいるサイの目の真ん中に突き刺すような視線を向けて、キリはキッパリと好きを伝えた。

「……なんだよ、それ」

面食らったような表情になってから、サイはハッと視線をそらす。耳が赤く見えるのは、日差しのせいなのかなんなのか、キリは一瞬考えてみてから強く思う。逃がさない。今日はもう逃がさない。この話題から一ミリだって逃がしてあげない。

強い意志を持って、キリは再度サイを見つめる。

付き合いたいと思っているほどに好きなこと、一度口に出したら、もう気持ちを喉の奥へと押し込まなくて良くなった。ずっと堪えていた。ずっとずっと我慢していた。そんな日々がやっと過去になったこと、その事実が今、キリは嬉しい。

「ラクになったよ、私。面と向かってこうやって好きって言えるって、サイとは初めてだよ」

言ったそばから、涙が出そうになってくる。いつから、こんなにも想いが強くなったのだろう。なってしまったのだろう。

……苦しい。

清々しさを感じていたはずなのに、突然、胸が締め付けられて、

……感じたい。

とっさにキリは、自分の胸に手を当てる。そして、ゆっくりと視界からサイを消すかのように目を閉じる。

痛みを感じるところに、心がある。肺でも、胃でもなく、ココが痛む。

「心の場所が、よくわかるよ」

独り言のように、目を閉じたままキリは続ける。

「誰かを好きになった時だけだよ、体の中の心の位置を摑めるのは」

パンケーキの向こうで目を閉じているキリを、不思議な気持ちでサイは眺める。

「……変わってるよな。お前は、生まれながらの詩人なのかな」

「うん。私は、生まれつきの詩人だね」

目を開けることなく言い切ったキリが、サイにはとても眩しく見えた。太陽が照らしているからなのか、キリ自身の魅力によるものなのか。キラキラとしたオーラに彼女だけが包み込まれているようにサイには見える。

「羨ましいな。自分でそう言い切れることも。自分の言葉を発して生きることが許されていることも。オレは、他人が生み出した言葉を暗記する日々だから」

「他人が生み出した言葉を自分のものにして、そこに新たな魂を吹き込める才能は、素敵だよ」

目を開けるつもりもなさそうなキリを、本当に変わったやつだと思いながらもサイは続ける。

「まぁ、その才能が本当にあったのなら、な。でも、自分でやれよって、たまに思うよな。自分で書いたもんに、他人を使ってそこに魂を吹き込ませるって、強欲だよ」

「脚本家は、ね。私は、自分の詩を誰かに代わりに読んで欲しいだなんて思ってもいないから」

ビルを一棟持っている人間の経済的な余裕も関係あるぞ、そこには。と、サイは思ったが言葉にはしなかった。

「心の中で読んでもらえたら嬉しい。発音は、しないで欲しい」

ハツオン。それこそ心の中で、サイはキリの言葉を繰り返す。

「だって、想いを声にしたら、次の瞬間────」

パッと目をあけて、キリはサイを見た。そして、

「────消えちゃうから」

その瞬間、サイは息をするのを忘れた。自分のことを好きだというキリを失ってしまいそうで、今すぐに腕を伸ばして捕まえてしまいたい衝動に駆られた。が、身体が動かなかった。まるで、キリに見えない糸で縛りつけられているかのように。

そんなサイの様子に気づいているのかいないのか、キリは感情を込めることのない声でまっすぐにサイに言葉を投げる。

「この空気の中に想いを出してしまえば、コンマ1秒でそれは過去になる」

「……」

「だから私は、心で書く。読む人は、心で読む。そこに留めておいて欲しいって、いつもいつも願っているんだよ」

「……音読すんなって？」

「うん。音読は、されたくない」

「……」

キリは、5年前から週に5回、必ず深夜の0時に自作の詩をツイッターに投稿する。30万人近いフォロワーを持ちながら、出版社からの書籍化依頼は断り続けているキリの言葉には説得力があった。

サイは、ついさっきツイッターに意味深なメッセージを投稿していた地下アイドルのユウカを思い出す。昨夜のユウカも似たようなことを言っていた。

何かを表現する時に、必要なものと不必要なもの。それをいつまでも見極めることができないから、自分はいつまでもくすぶっているのではないか。

「キリは、だから本にもされたくねぇの？」

「と、いうか、もう既にネットの中に存在しているものだし、平日の深夜0時に心の声を投げる人と受け取る人がいるってところにも意味があるわけで。完璧に近いカタチで完成されているものを、二次利用しようとする意味が私にはわからないから」

「そこだよ。お前の余裕は。普通は、まず、金じゃない？　作品をマネタイズしないと食っていけないから」

「お金より、声に出される言葉より、心のリアルを私は信じるから。むしろ、それ以外は信じていないから」

「……」

サイは、何も返せなかった。ただ、見ていた。キリの心からの言葉が、一文字ずつ、口にされるたびにサイの目の前で過去になってゆくのが、目に見えるような気がした。

「なら、なんでだよ⁇」

たまらない気持ちになったサイは、ほとんど叫んでいた。言葉を発した瞬間に過去になるとキリは言う。それでも、その茶色に透き通るキリの瞳の中には、今もオレが映っている。

「……」

サイの苛立ちが、その奥にある感情が、ストレートに込められたその声にキリは胸を締め付けられた。質問の意味するところが、その裏にある気持ちが、とてもよく伝わったからだ。

「うん。そうだよね。変だよね。なんでだろうね。私はサイを好きだと声で言う」

「だろ？　終わらせたいんだな、だからやっぱり、さっきお前が言ったように。でも、なんで？好きなのに別れたい、最後には離れたいって、なんで？」

「離れたいわけではないよ。でも、たとえお互いがずっと一緒にいたいと思っていたって、別れる結末そのものは、どっちにしても変わらないから」

「……お前、過去になんかあった？」

「過去に何もない人なんているの？」

「質問に質問で返すなよ」

「それはこっちのセリフ。付き合う？　って質問の返事からずっと逃げてるのはサイでしょ？」

「いや、てか、お前いくつだよ？」

「24」

「マジレスすんなよ。本当にタメかよ？　って意味だよ。前から思ってた。お前、マジでなんでそんなに冷めてんの？」

本題からは逃げ続けながらも核心をついてくるサイの言葉を噛みしめるように、キリはまた目を閉じる。

マジでなんでそんなに冷めてんの。

聞かれたばかりの質問を心の中で反復すると、胸が苦しくなる。ついさっき味わった恋の切なさとは違う種類の心の痛みに、かすかに涙腺を刺激される。

でも、泣かない。いや、泣けない。既にそれはキリを泣かせるほどのことではない。とっくに通過した、否、キリ自身が通過することを決意している過去のこと。泣くわけがない。でも、サイの言葉は浸透する。サイの言葉は心を揺らす。目を、さらにギュッと力を入れて閉じてみる。

「また、黙秘権かよ」

サイの乾いた声がして、すぐにライターの音がする。ゆっくりと冷たい空気を鼻から吸い込むと、大好きなサイのタバコの香りが肺の中へと入ってくる。自分では吸いたくないのに、サイが吐き出す煙がキリには美味しい。この毒された空気で、肺をいっぱいにしていたい。なんなら今すぐに致死量をくれ、とさえ思う。

煙を吐き出すついでみたいな口調で「なぁ、さっき、話したじゃん？」と、目を閉じたままのキリにサイは話しかける。

「相手の幸せを最後に願って去ろうとした五郎のほうがドライで、それでも斬った相手のほうがエモいって。殺すのはオレよ。幸せ願って消えるのがお前よ」

うっすらと目を開けて、でもサイのことを見ずにキリは小さな声でそのまま呟いた。

「何？　聞こえない」

キリは、曇ったガラス戸を見つめながらもう一度言う。

「……好き、なんだね、私のこと」

「やめろよ」

「もうやめないよ。声に出して認めて？」

ガラス戸の奥では、自分たちと同じ年くらいのカップルが、対面に置かれた椅子を無視して隣同士に座っている。暖かそう。

「オレは、お前とは違うから」

キリはゆっくりと視線をサイに向ける。こちらを見ずにタバコを吸っているサイの横顔を、キリは見る。

「そんなの知ってるよ」

「むしろ、真逆だから」

「なにが？」

吐く息が、白い。あまりにも、ここは寒い。ガラス戸の向こうで隣同士に座るさっきの男女を改めてとても羨ましく思う。

「オレは、口に出した瞬間、好きになる」

キリの目を見てそう言ったサイを、引っ叩きたいような衝動に襲われた。

「は？」

傷ついた。今はまだ好きではないと言い切られたようで。サイのズルさに、殺気を覚える。

「え？　なんでキレんの？　オレはお前の主張みてぇなの真面目に聞いたのに、なんだよそれ」

「だって、自己中すぎるでしょ！」

「いやいや、どっちがだよ？」

「困ってるのは私だよ！」

「……いや、こっちも困ってるけどな。てか、寒いな。凍える。これ吸ったら行こうぜ？」

「自己中の極み。死ななきゃ治らないやつ」

「いや、だから、お前もな？　ワガママな自覚なしってすげぇよな」

「え？　サイは、私のこと、お嬢かなんかだと思ってる？」

「それは、でも、そうだろ普通に。持ちビルの家賃収入で食ってるっていったら」

「馬鹿だね。私、愛されて愛されてワガママを許されて育った感じする？」

「バカって、お前。でも、そうだな、それなりには」

「親の顔は知らないけど、確かに愛はいただいて育ったよ」

「え？」

「ねぇ、サイ、最近いつした？」

「え、何？　何が？」

「セックス」

「え？　なんなんだよその話題の飛び方。いや、親の顔知らないって、どっちの親？」

「どっちも知らない。血の繋がった人間の顔は一人も知らない。はい、答えたよ。答えてよ」

「え、いや、え？」

「私は一つ、事実を伝えた。違う？」

「……」

「次は、サイの番だよ。純粋に知りたいの。知りたくなった。だから教えて。最後にセックスいつした？」

「……厳密に言えば、今日、だけど」

キリの予想不可能な会話の流れとその勢いに圧倒されたサイは、正直に答えていた。答えてしまっていた。

「……」

「え？　ちょっと待ってよ。な、泣くの？」

額の真ん中を銃で撃ち抜かれたかのような表情で、キリは目から涙を流す。

「……」

「……いや、ただ、オレ、言ったんだよ。セックスした女にまで、バカ正直に。好きな女がいるって。それ、キリのことだよ」

「……」

「って、今更そんなの、嘘っぽく響くよな。自分で発してる言葉なのに。で、確かに一瞬で消えるな、言葉って」

「……」

「ただ、全部、本当のことなんだよな……」

「……」

魂が抜けたようなキリの目から、ひたすら涙が流れ続ける。

「てか、そもそも。なんで、キリ、オレなんだよ？　お前は、わかるじゃん。あるじゃん。魅力があるよ。でも、オレなんてなんもねぇじゃん。全部中途半端なクソガキじゃん」

「……」

「なあ、キリ。頼むから、なんか言ってくれよ」

追い込まれすぎて逆ギレしかけたサイが、心では泣いているように感じた。かわいそうに思ったキリは、そっと瞼を閉じる。


……さっき言ったじゃん。私は、金より言葉より、心のリアルを信じるからだよ。自分の魅力にすら無自覚な、あんたの透明にも見えるくらい澄んだ魂に惚れてるよ。あとはね、私には痛いほどわかるんだよ。サイの心が、真っ直ぐに私にだけ向いていること。心は、愛は、この私に真っ直ぐに誠実なこと。

だから、この想い、こうしてどんなに真っ二つに引き裂かれたってまだ、何《なに》で気持ちを割り切って関係を終わらせたらいいのかわからないんだよ。


心の中で言い終わると、キリは目を開ける。流れ続ける涙を拭くこともせずに、立ち上がる。

サイに背を向けて、白く曇ったガラス戸をカラカラと横に押しあける。「帰るのかよ？」弱り切った声を出すサイのほうを最後に振り返り、キリは力弱く笑って言った。

――「告白、待つね」

うぉぉぉぉぉぉぉぉぉぉぉぉぉ。店の階段を駆け下りるキリの耳に叫び声が聞こえてきたけれど、頭の中で自分が叫んでいるのかもしれなかった。上下の歯が、ガタガタと音を立てて震えていた。身体が芯から冷え切っていて、生きている心地がしなかった。

早く、早く、一秒でも早く、自分のビルのエレベーターの中に逃げ込みたかった。そして部屋の前についたらドアを蹴り開けて、靴も脱がずに真っ白なベッドに潜り込みたかった。太陽が落ちるまで眠り続けて、深夜に目覚めて、あのオレンジの光だけを見つめたかった。

あたたかい色、私のオレンジ。あの光の中にさえいれば、私は安全。

昨夜ずっと見つめていたマットブルーのライン画面。その向こう側でサイが、他の女とセックスしていたなんて。サイが言ったすべての言葉を信じられる。だけど感じたくなかった。

心の場所、もうわかったからそれ以上痛めつけないで。

息ができなくなるほどにキリキリと絞りあげられて、そこから滲む真っ赤な血。

「心の傷から噴き出す涙。冷えた身体に、熱い血液」

息をするために、キリは原宿の空を見上げて発音した。目線を落とすと、コンクリートに色濃く映った自分の影。死ぬかと思うほど不意打ちに傷ついて、今も生きている実感なんかしないのに、快晴の空の下に、確かに自分が存在している。


銃で撃たれたくらいの衝撃があったのに、そしてその銃弾は心臓よりも奥にある心そのものをストレートに撃ち抜いたのに、身体は無傷で死んだりしない。そんなことをなんども繰り返しているのに、アハハ。不死身すぎて笑っちゃうよね、人間。


人の少ない真昼間の山手線。ふくらはぎに強くあたる暖房の熱風に身体をジワジワと溶かされながら、想いを言葉に置き換えないと脳が爆発してしまいそうで、キリはスマホのメモ帳に書き込んだ。

向かいに座る初老の男が、目を合わせた瞬間にギョッとした顔をして目線をそらす。酷い顔をしているのだろう。言葉に置き換える余裕が生まれる程度には悲しみは過ぎたはずなのに、涙がとにかく止まらない。

昨夜、相談に乗ってくれたあのヒトは誰だったんだろう。初老の男の薄い頭越しに、流れていく街並みをぼんやりと眺めていたら思い出した。男なのか、女なのかさえ知らないことに今気づく。また話しかけたら、また返事をもらえるだろうか。彼は、彼女は、どこの誰なんだろうか。この街のどこかにいるのだろうか。東京にはいないのかもしれない。でも、サイが身体を交えた女は、この街の近くにいるのだろう。

どこの誰なんだろうか。また、会うのだろうか。なんなら今から会うのだろうか。そしたらまた、キスとか色々するのだろうか。……血が、止まらないよ。噴き出してくる。

☽

昼過ぎにぼんやりと目覚めて身体を起こした原田カヨコの視界に、広がったのは血の赤だった。また生理がきてしまったことへの落胆よりも、下ろしたばかりのシルクのシーツが台無しになったことへの憤りのほうが、正直なところはるかに大きかった。

ホルモン注射の影響なのか、または連日のセックスのせいなのか、はたまた妊活からくるストレスか、予定日より2週間も早い。「こんなんじゃ、排卵日すら特定できやしない」という一文を、そうだ、今日のブログのタイトルにしよう。

失敗談を匂わせる題名は、人を呼び込んでくれる。苦戦している妊活仲間に安心感を与える記事に仕上がりそうでワクワクする。最終的に妊娠してもしなくても、そのような失敗続きの経緯をたどった事実さえあれば、わたしは必ずや多くに応援される。支持される。愛される。

血だらけの下半身で、まずは妊活ブログのことを考えていた。カヨコは我に返って失笑した。自覚している。自分の自己顕示欲の強さを。それが、父親譲りのものであるというところまで。そこまで思うと、今度は吐きそうになった。自分の核となる部分に、カヨコはたびたび誰よりも嫌いな父を見る。そのたびに、カヨコはどこまでも深い自己嫌悪に陥るのだった。

ただ、救いなら一つある。カヨコには、父を超えた自負がある。まずは、父に母がいるように、絶対的に自分に従順なパートナーを得た。タツジはいつだってカヨコの希望を支えてくれる。結婚のタイミングから妊活に至るまで、カヨコの言いなりといっても良い。それに、サラリーマンのタツジはカヨコ以上の年収を、カヨコよりも安定したカタチでキチンと稼ぐ。母が専業主婦だったから比べるのはフェアではないかもしれないけれど、世帯年収ははるかに父のピーク時のそれを超えている。

そして、何より、カヨコはテレビに出ている人間なのだ。

政治家といっても、父は名前を言っても誰も知らない地方の一議員。カヨコ自身数年前に政界からは身を退いたが、今はコメンテーターとして全国放送のワイドショーに隔週で出演している。

毎日更新しているというのにツイッターのフォロワー数は一万人にも少し足りない程度だが、それでも。父より知名度を得たことが、カヨコの何よりのプライドであり両親への復讐だった。

力のある（といっても、あの程度の！）夫に芯から怯え続けている母親も、あの程度の権力で（いや、社会で欲しいだけの権力を得られなかったからこそ！）家の中で威張り続けている父親も、そしてその間に生まれた自分のこともカヨコは嫌いだった。

フフフ。洗面所で、血がこびりついたシルクを手洗いしながらカヨコは真意に気づいて笑ってしまう。自分のことが嫌いな人間なのね、他人からの承認を貪欲に欲しがるのは。自分ではどうにもこうにも愛せないのだから、より多くの他人に愛してもらっている実感を得られないと困っちゃうのよね。そう、これは死活問題。

顔を上げると、鏡の中に自分が映る。ボトックスを打ったばかりの額の真ん中に、血がついていた。人を殺してきたような女に見える。いや、実際にそうなのかもしれなかった。妊娠を待つ女が、自ら毒を身体に打ち込むだろうか。

その場から逃げるようにカヨコは台所へ走り、すぐにゴミ袋を手に戻ってくる。真っ赤に染まった洗面台からシルクのシーツを摑みだし、絞ることもせずにゴミ袋の中にぶち込んだ。

きっとタツジは今日も定時に帰宅する。カヨコは毎日タツジのために完璧な夕食を用意する。2週間に一度、夜に生放送がある日も、冷蔵庫の中にきちんと用意する。「美人でバリキャリのカヨコみたいな完璧な女性が、一体どうして僕なんかにここまで尽くしてくれるのか、いまだに納得がいかないくらいなんだ。これはすべて夢なのかな？」と、タツジは今朝も玄関で言っていた。まるで夢みたいな完璧を、確かにカヨコは演じている。心の裏側で考えていることを相手に見せるより、そっちのほうがずっと簡単だった。

夕方までには、ブログを書き終えたい。その前に、内側が見えないようにゴミ袋を何重にも重ねてから、これを捨てに行かなくては。

着替えて外に出ると、空気はひどく冷たかったが快晴だった。ゴミ捨て場はマンション内にある。袋の内側は見えないが、管理人に会わないことを願いながらエレベーターのボタンを押す。と、そこがオレンジに色を変える。昨夜のあの子は、どうしたかな。オレンジ色のランプシェイドをアイコンにしていた、悩めるあの子。セックスを終えた頃には、彼女はオフラインになっていた。

特定の友人を持たないカヨコは、他人の悩みを覗くことで安心できた。明かりを落とした寝室で、寝入ったタツジの背中にこっそり隠れてスマホに触れる。青白いその光の中にさえいれば、わたしは安全。何故か、カヨコは心からそう思えるのだった。その時間のためだけに、生きている気さえするほどに。

☾

叫びたくなる。キリといるとサイは、時々こうして脳を撃ち抜かれるような瞬間と出会う。頭が爆発しそうになるのだ。思考を整理できなくて、何がなんだかわからないいうちに感情が揺れすぎて、発狂にも近い精神状態に瞬間的に陥るのだ。

もちろん、その銃を手にしているのはキリなのに、本人は狙って撃ってはいないのだ。それが怖い。オレは、キリが怖い。

血縁の顔を一人も知らないって、どういうことなんだ。孤児？　ならあの新宿にあるビルはどっからきた。

「こんなに毎日一緒にいるなら、付き合おうよ」って、昨日のキリが送ってきたラインをサイは見ながら明治通りを歩いている。やることもないし、行くところもないし、とりあえず自宅に戻っている。

こんなにも良く晴れた平日を、無職で歩く自分がサイはいつだって憎い。恋愛なんかで頭をおかしくされている自分に至っては、許せない。それなのに、キリが頭から離れない。

こんなに毎日一緒にいたのに、オレはお前のことを何も知らないよ。心の中で発音すると、その事実に打ちのめされた。なんなんだよ、あの最後の泣き顔の笑顔。そして、あの想像もしていなかった最後のセリフ。てか、なんであんな泣き方、するんだよ。この世が終わったみたいな顔して、無表情のまま涙だけ流すキリの顔は、怖かった。そんなにオレが他の女とヤったら傷つくの？　ダメだ、オレにはちょっとよくわからない。

いや、もし、キリが他の男に抱かれたら――――。

嫌とか嫌じゃないを超えて脳がショートしそうになったので、ライン画面をツイッターへと切り替えた。フォローはしていないが、ツイートが気になりユウカのアカウントに飛んでしまう。

[チョコレートを手渡ししたいと、
思っているボクは誰なんだ。
自分の中の乙女人格が投下するこのエアリプは、
果たして君に届くのか。めんどくさい女子、今も好き?]
――@YukaKamiyaOfficial

「……届いちゃってんじゃねぇかよ」サイは、まるで他人事のように口に出す。

で、なんでオレはこの期《ご》に及んでいきなりモテてんだ。で、仕事がない今、自分の中の承認欲求が喜んで疼いちゃって。馬鹿かよ。で、もっと欲しくなって。ニートのカスかよ。

脳内で自虐してるそばから、誰でもいいからヤりたくなってくる。女が自分に向かって脚をひらいてくれるって、男として生きていていいって認められてる何よりの証拠に思えるんだよ。馬鹿だよな。男が馬鹿なのかな、オレかな? なあ、キリはどう思う? 女は違うの?

サイが脳内で話しかける相手は、いつからかずっとキリだった。

だからなのかな、つい正直に言わなくていいことを言ってしまった。付き合っているわけじゃないから、他の女とヤったって良いはずなんだけど。でも、それもあって付き合いたくないって思っているところもあるわけだから、ならやっぱりオレはキリにとっていい男じゃないと思うんだよな。情けないよな。好きな女のこと、抱けないなんてな。キリ、そのこと気づいてる？　お前にだけは気づかれたくないよ。だってそんなん、死ぬほどカッコわりぃじゃん。

なぁ、キリ、お前泣きながらどこ行ったの？　帰ったの？　何してんの？　もしかしてまだ泣いてんの？

ラインでは聞けない。頭の中でだけ、サイは何度もキリに聞く。

エアリプする女子の気持ち、わかりたくなんかなかったな。泣けるほどカッコわりぃじゃん。でもキリは、詩にオレの要素出さねぇじゃん。あれ、なんでなの？　毎回オレがチェックしてるって、お前全く知らないでしょ。してんだよ。暇かよな、オレ。情けないよな、いちいちオレは。

☽

「起きてる？」

日が落ちた頃、痺れを切らしてキリにラインをしたのはサイだった。

「さっきマネージャーから連絡きて。あのオーディション落ちた」

同情を引くような、キリなら必ず返事をくれると思われる内容で、サイはキリの気を引いた。

「そっか。でもまた次があるよ」

本当はあのまま、サイの前から一度サッパリと姿を消したかった。次に会話をする時は、サイが付き合う意思を固めてからにするはずだった。でもキリのそんな決意は、すぐに何処かへ吹き飛んでしまった。励ましたかった。とにかく早く。

すぐに既読になり、返事があったことにサイはホッとした。仕事の落胆を、ほんの少し上回るくらいの安堵感に、サイは戸惑う。嫌なのだ、恋愛なんか。オレは何より仕事がしたい。そう思っている自分を見失いたくもない。

「でもオレ、殺されたかったよ、バッサリ斬られて死にたかったわ」

親指で素早く打ち込み、サイは送る。

「だから、死んだって来世が控えてるって。逃げられないのよ、魂からは」

キリからもすぐに返事が返ってくる。

「いや、それ本気でそう思ってる？」

「うん。別に、私とサイが今すぐに離れ離れになったって、真の縁があれば来世また会う。だから何も問題ない」

「何も問題ないってことは、ないだろ。飛びすぎ。笑」

「そうかな？」

「じゃあ、生まれ変わりがあるとして、だよ。次は、今日食ったパンケーキの上の生クリームかもしれないぜ？」

「悪くない。お前に食べられる縁もまた悪くはない」

「なんだよ、いきなりお前って呼ぶなよ。笑」

「私たちは、お前同士だよ、何を今更」

「今日は流石《さすが》に、あたりがキツイな。笑」

「ねぇ、サイはもしかして男女が死ぬまで続く可能性を信じてる？」

「心の奥底では、そうかもな。信じてるっていうか、信じたいっていうか」

「そうなんだ」

「逆になんでお前は、永遠なんてないって決めつける？」

こんなにもラインのラリーのリズムは合うのに、時々、話が通じない。キリは、サイに落胆する自分を感じてしまった。

「永遠とは、今世だけのものですか？　それは短い永遠ですね」

キリは、そう打ち込むとすぐにスマホを伏せた。サイともわかり合えないことはある。その事実も受け入れないといけないのだと思う。ただ、いつだってその隙間から孤独というものは忍び寄る。

あのね、私は、ずっと一緒にいることだけが人間関係の理想的なゴールだとは思っていない。むしろ、どんなに短い時間であっても、どれだけ互いの人生に深い爪痕を残し合えるかどうかが重要だと思っている。だからちゃんと付き合って向き合いたいんだよ。傷つけ合ったっていい。愛からくるものならば。そして、そんな今世の記憶は、脳にはもちろん残らないけれど、それは必ず来世また出会える縁へとつながるからって。

だから彼女《かのじょ》と私は、きっと前世で深い爪痕を残し合った同志。今世では、このようなカタチでの出会いだったってだけ。来世はまた、きっと、せめて一度くらいは話せる距離に――。

キリは、そういうふうにこの世界を信じている。目線の先には、ランプシェイドのオレンジ色。

「大丈夫。ここは安全。私の世界」心の中で、キリは何度も言葉をハツオンする。声にはなっていないのに、自分にだけは確実に、一番近くに聞こえる自分の声。

音なんか出ないのに、心の中で喋る声が、
自分にだけは聞こえるのはどうしてだと思いますか？

タツジの背中に隠れて青白い光を見つめていたカヨコは、新着コメントの通知音に歓喜した。オレンジ色のランプシェイドの子。昨夜の内容を無視した、粋な質問。そして、その答えをカヨコは持っていた。

二人いるからよ。誰もがそう。
自分の中に、もう一人の自分がいる。
分身というより、別人が。

Thirsty.

Chapter 3.

サイからの連絡は

歌舞伎町で別れたきり一度もない。

昨夜から、

喉が渇いて渇いて仕方がない。

「ねぇ、ちょっと、あんた、昨日のツイッターどした？　炎上してるし、マジウケる」ソファに寝転んでいるカミラに鼻で笑われるところから、ユウカの一日は始まった。

喉の渇きを感じて目覚め、スマホを見ると朝の10時過ぎ。そのままフラフラとキッチンに向かったら、いつも通り就寝前のカミラが彼女の定位置にいた。まだコンタクトレンズも入れていないユウカの視界はボヤけているが、カミラがくるまっているブランケットの強烈なピンクだけはハッキリ見える。

「いつも通りの安定したキモさだけどさ、今回は特にキテる！」……。「めんどくさい女子、今も好き？」……声をわざと低くして、ボクの真似のつもりなのだろうか。「いやいや、さすがにヤーバーイって！」今度は花火のような甲高い声を炸裂させる。目障りなピンクが大きく左右に揺れる。カミラが脚をバタバタさせて爆笑している。

そもそも昨夜からグラグラしているメンタルで、今こいつと向き合えばボクは壊れる。ぼんやりした頭でもそう冷静に判断したユウカは、黙ってガラスのグラスをウォーターサーバーに押し当てた。

通称、カミラ。本名、神谷ラン。

ユウカの父親違いの姉で、36歳。年齢がピタリと一回り違う、同じ子年《ネズミ》。顔の系統も髪質も服の好みも性格もすべてが真逆。唯一、足の指だけがとてもよく似ている。親指よりも人差し指の方が1センチ以上長いのだ。

「ヒデッグは？　学校行った？」

2杯目の水でやっと喉が潤ったユウカが聞いた。

「行った行った。今日アフターだったから、卵と牛乳あるよってラインしたぁ〜」

「あの、まだ、酔ってます？」

「え、今？　まぁまぁ」

銀座のクラブで週3日働くカミラにはこの春に中学一年生になる息子がいて、つまりヒデッグはユウカの甥で、四谷にある2LDKのこの部屋に3人で暮らしている。そろそろ年頃のヒデッグには個室が必要かもしれない、どう思う？　と聞いてきた翌日には自分の部屋をスッカラカンにして息子に明け渡していた。意見を聞かれたボクが返事をする前にすべてのことは終わっていた。

まぁ、いつもそう。でも、あの日のカミラは特に凄かった。断捨離なんてもんじゃない。突然自分の持ち物をすべて捨てたのだ。正確には、業者を呼んで「この部屋の中のものすべて」と指示を出して空にさせた。その日から、カミラはリビングのソファで寝起きしている。

「ユウカ気づいてた？　ヒデッグさぁ、最近自分でパンケーキ焼いて食べて食器洗ってから学校行くでしょ。マメだわぁ〜。モテるぞ〜。大変だな、こりゃ〜」

パンケーキ作りにハマる12歳、神谷ヒデッグ。

カミラは彼を24歳の時に未婚で産んだ。ヒデッグの父親は既婚者で、カミラは世間的には妊娠してても結婚してもらえなかった若い愛人ということになるのだろうが、実際はそういうことでもなかったらしい。姉は当時から結婚願望は皆無で、彼女の言葉をそのまま使うなら、それでも「子どもだけは渇望していた」らしい。

付き合っていたのは10年以上前のことで、ヒデッグの父親とはもう何年も会っていないらしいが、それでも毎月きちんと50万円の振込みが続いているようだ。そもそも、出会った時からそういう約束だった。

「よくある愛人契約ってやつよ」とカミラは笑うが、ユウカは姉がヒデッグの父親のことを本気で好きだったのだろうと想像している。根拠《ソース》は名前。

「カミラ・カベロとか最近だからね。私が先だから。あいつまだガキっしょ」とは姉の口からよく出るセリフで、店でも言っているのだろうと簡単に想像がつく。神谷とはユウカの実父の姓であり、カミラにとっては母親の再婚相手。ちょうど中学の頃に苗字が変わり、神谷ランとなった姉はそこから友達にカミラと呼ばれはじめたらしいのだが、今ではホステス名はもちろん、インスタグラムでもYouTubeでもCamira.officialで（KではないのだCなのだ。事務所に所属しているわけでもなければ、ファンが勝手に非公式アカウントを作っているわけでもないのに自ら公式を名乗って）インフルエンサーとして小銭まで稼いでいる。

そのような姉が、つまりは我が子にキラキラネームをつける代表格であるようなカミラが、息子の名を父方の祖父からとった。ヒデツグ。その恋は、本気だったに違いない。

一生ヤンキー寄りのギャルが抜けないカミラとは、生まれながらに住む惑星が丸ごと違っていると感じるが、ユウカはカミラの生きる能力には一目置いている。若くしてする妊娠とセットの結婚のほとんどが離婚に終わるデータを思えば、カミラは男選びに成功している。ほぼ自動的に毎月振り込まれる50万円と、ズバ抜けて頭が良いヒデツグのＤＮＡ。

銀座とＳＮＳでの収入を合わせればカミラ自身も月50万以上は稼いでいるし、父親譲りの理系の頭脳を持ったヒデツグは春から名門と言われる私立中学への進学が決まっている。親の素性を重視する学校として有名なのだが、そこもカミラは夜の店で摑んだ人脈を使ってクリアした。

「せっかく勉強が抜群にできるのに、親が不良ってだけでヒデツグの可能性潰すのはナシっしょ！」テヘペロみたいな顔をしてカミラが言った時、ユウカはひきつり笑いを浮かべながらも姉の実力に圧倒された。

ほとんど命令形だった姉からの「読モでもアイドルでもなんでも好きにやればいいけど、必ず本名でやりな」というアドバイスにも、その裏にあるカミラなりの筋の通った理由に賛同したので従った。

「舘《たて》マイカ！　覚えてろよテメェ、私の名前を！　カミラだ！　ぜってぇ忘れんな!!」

まだ10代だった姉がブチ切れすぎて顔を真っ赤にしながら電話越しにそう叫んだ時、ユウカはそのすぐ後ろにいたのだった。小学校にあがる前だったし、当時はその背景にあった事件のことも知らなかったけど、名指しにされていた女のフルネームまで忘れていない。真相を知った今となれば、カミラの鉄のメンタルに若干の恐怖心すら覚えるけれど。

「ユウカさ、恋したでしょ。珍しくない？　てか、こんなダダ漏れ、初めてじゃない？　ダレ相手？　芸能人？　で、チョコあげたの？　てか、今時まだヴァレンタインってシャバでもやるの？　ヤバすぎる」

一人で喋り続けているカミラの横を、水を注いだグラスを片手にユウカは通り過ぎる。水商売以外の世界をシャバと呼ぶ、そのセンスはいつもどうかと思う。

ピンクの中から伸びてきた手に腕を掴まれたので、「あ、言ったっけ？」とユウカは振り返る。

「かなり悪趣味だ、その毛布」。目を見て伝えると、カミラはまた盛大に笑った。

ボヤけた視界の中でも、大きく口を開けて笑うカミラは美人だ。姉は母親似だ。父親に似たボクだけ、家族の女の中で可愛くない。

自分の部屋に戻り、ドアを背中で閉めてグラスを置いてスマホを見る。ツイッターでは、信者からの謎の賞賛やアンチからの誹謗中傷がネットの闇から噴水のように湧き続けているが、サイからの連絡は歌舞伎町で別れたきり一度もない。

昨夜から、喉が渇いて渇いて仕方がない。


タツジの出社後、朝食に使った食器を洗い、珈琲を淹れ、キッチンカウンターに座ってブログについたコメントをチェックする。これがカヨコの日課である。

ノートパソコンを開くたびにワクワクする感覚が好きで、ブログにつくコメント通知をオフにしているのはもちろん、スマホからはアクセスしないように自分に制限をかけている。

「カヨコさん、わかります。生理が来たとわかった瞬間トイレでガックリします」「生理不順まで重なると、もうお手上げってなりますよね」「本当なら公の場で言いたくないことまで発信してくださって、励みになります」などの声が少なくとも10件は届いていると踏んで開いたブログに、新着コメントはたったの一件。……。しぼむ心を感じながら、カヨコは青字になっている「一件」の部分をクリックした。

「初めてコメントします。私は二人目不妊で妊活中です。もう一人いるんだから贅沢なって思われそうで匿名のこの場所でさえ胸の内をなかなか書けずにいます。だったら二人目不妊トピックのブログを読めば良いのでしょうが、婚約中に妊活をスタートする新しさも含めて、ついカヨコさんの行方を追ってしまいます」

――――「二人目不妊」「行方を追う」

裏に込められた悪意のようなものを感じて、ゾワッと心がささくれ立った。誰にも話していない過去を知る、ほんの一部の人間による書き込みではないか。疑心暗鬼になりかけた自分を押さえ込むために、ブログからYouTubeへとワンクリックで画面を飛ばす。

関連動画の一番上に出ていたギャルの顔を勢い任せにクリックしてから席を立つ。テレビ台の引き出しの中を片付けよう。次のルーティンは掃除なのだ。動画は、なんでもよかった。その音声で思考を遮ってくれさえすれば。

「断捨離について話していい？　今日は」

若い女の、よく通る高い声がリビングに響き渡る。敬語すらまともに使えない小娘に教えられることなど一つもない。カヨコは出だしからうんざりしたが、昨夜こんまりメソッドの片付け方法についての動画を見ていたのでこれがトップに出てきたのだろうと理解する。

「あれさ、一つのアイテムにつき必ず一度、つまりはアイテムの数だけ捨てるか捨てないかで迷うじゃん。それが、辛いじゃん？　みんな。だからカミラはさ、見ないで捨てるってやつやった。業者を呼んで、この部屋の中のもの全部捨ててくれって。たったの一言で済む壮大な断捨離。結果は最高。あると思わない？　断捨離と運気。もっと言うなら断捨離は勇気！　あ、韻踏んじゃったッ」

断捨離の秘訣はすべてを捨てること、とはどれだけ頭が悪いのだろうか。怒りすら湧いてきたので動画を変えようとパソコンのほうに戻ると、画面に映る女の顔を見てハッとした。声や喋り方からは想像もつかないレベルの正統派美人だった。清楚とは違う。整った顔立ちが正統派なのだ。茶色に染めた髪やメイクは派手でギャルっぽいが、それでも上品な顔つきまでは隠せていない。

カヨコが知らないだけで、有名なモデルかタレントなのかもしれない。

「こんまりってハッシュタグをつける予定だから、新たな視聴者がこの動画に流れ込んでくる想定で、自己紹介を兼ねてターニングポイントについても話していい？」

いい？　で口を横にニッと開いた美女に視線が釘付けになる。弾むようなリズムで、心から楽しそうに話している。Camira.official チャンネル登録数は3万人弱。この数を見ると芸能人ではなさそうだが、2週間前にアップされたこの動画についたコメントは200を超えている。

「12歳の時に、母親が再婚して埼玉から東京に来たわけ。苗字もかわって、私はカミラと呼ばれるようになって、妹もその年にうまれた。半分は私が世話した！　まるで娘みたいに思ってる。で、今度は妹が12歳の時に私が息子を産んだ。で、今度は、妹が半分は世話をしたのね！」

カヨコは引き込まれていた。政治家の端くれの家に生まれ、自身も議員に立候補したことで、スピーチにおいては研究を重ねてきた。この子のトークは一切、作り込まれていない。カンペなどもどこにもなさそうだ。この子は、その時に頭の中に浮かんだことをそのまま話している。自分の中の内なる声と、表に見せている人格に、1ミリの狂いもなさそうに見える。

「で、そんな息子が今ピッタリ12歳なの。だから今年、なにかが大きく動くと思ってる。なにかってのは、人生ね!?」

カヨコは頭の中の電卓を素早く叩く。24歳で出産、今息子が12歳ということは、36歳!? 信じられないくらいに若く見える。そんなに大きな子を育てる母親には全く見えない。どこを取ってみても、自分とたったの2つしか年齢が変わらないことにカヨコは驚愕した。

「妹と息子が私のコアな家族ね。3人暮らし。うちらは3人、姓は神谷だ。気に入ってるんだよ、この苗字。運がいい。母親が神谷と再婚してから、私の人生は好転した。あると思わない? 名前と運気」

——沼畑カヨコになる。

秋にフランスで挙式をする予定でいる。春の終わりまでには妊娠し、安定期を迎えている計算で動いている。すべては計画通りに進むのだろうか。そして名前が変わったら、自分の人生の流れは好転するだろうか。

めまいを感じてカヨコはヘナヘナとその場に座り込む。貧血だろうか。床に尻がつく。下着に貼り付けたナプキンに、生温かい血液が染み込んでいるのを肌で感じる。パソコンから鳴り響く声は、弾けるようなリズムを持ってチャンネル登録を呼びかける。

カヨコはそのまま、しばらくのあいだ動けなかった。

☽

「名前をね、変えたほうがいい、と。苗字をね、もうこれは絶対につけるべきだと思うんです」

サイが所属している芸能事務所の会議室。担当マネージャー柴田《しばた》から突然紹介された〝新マネージャー〟の女の熱量に、サイは面食らっていた。向き合って座っている真っ白なデスクの幅は1メートル以上あるのに、女の飛沫が顔にかかりそうな勢いだ。

「いやぁ、いきなり言われても……」

女の隣に座る柴田に助けを求めるように目線を流したが、担当はもう今日からかわりましたから、みたいな顔をして柴田は女のほうを見ている。

ちきしょう。そもそもお前はオレに対する情熱がねぇんだよ最初から最後まで。最近ガキが生まれただかなんだか知らねぇけど、芸能畑で固定給のサラリーマンやりやがって。売れない若手を6人も押し付けられて無駄に忙しいってボヤいてたってことも、オレの耳には入ってたんだからな。無駄ってなんだよ、無駄って！　おい、柴田！

柴田のメガネの奥に突き刺すような視線を向けてサイは心の中で叫んだが、柴田は隣に座る女の横顔から目線を外さない。

「いきなりではないです。私は、ずっと思っていました。デビュー作から観ていますよ。サイさんはもっと売れるべきだとずっと私は焦れったい想いを煮やしていました！」

……まぁ。そこまでの情熱をオレに注いでくれるなら、柴田よりもこの人のほうがいいのかもしれないな。すぐにそう思い直すほど、サイはもはや柴田を含めた事務所のバックアップに期待などしていなかった。

いや、逆だ。自分がもう事務所に期待されていないことを数年前から感じていた。大河のオーディションも落ちたばかりだし、鳴かず飛ばずの状態が続いている自覚はある。売れていないことは、誰よりも、自分が一番わかっている。

「まずは、苗字です。あと、ＰＨＹでサイって俳優らしくないです。そもそもサイって読めますか？　コレ。もう本当にノンセンス！　今までどうして社長がその名前でオーケーしていたのか、聞かせて欲しいくらいです！」

女の額に血管の筋が浮き出ている。年齢は40代くらいかもしれない。初めて見た顔だ。新人とは思えないから、どこかの事務所から移ってきたばかりなのだろうか。柴田からの説明は特にないのでわからない。５分前に手渡され、とりあえずデスクに置いた名刺に視線をおろす。新垣里《あらがきさと》美《み》。肩書きは、統括マネージャーとある。偉い人なのか。そうなのか。

「まぁ、でもPHYでずっとやってきてるんで。あと、俳優は苗字と名前がセットって、誰が決めたんすか?」

サイが答えると、柴田と新垣の深いため息が重なった。柴田の、新垣に同調したようなため息に腹が立った。確かに柴田からも名前変更の提案をされたことは何度かあったが、説得を試みられた覚えは一度もない。そもそも柴田は担当俳優に対しての熱などないのだ。オレに対してだけかもしれないけど。

「ダメです! 絶対にもうダメ。今は、モデル出身故に名前だけで仕事をしていた実力派俳優たちもこぞって苗字をつけている。やはり作品によっては俳優名が流れるエンドロールのクレジットバランスがおかしくなるんですよ」

最初は面食らってばかりいたが、新垣の熱さがサイには新鮮だった。嬉しかった。

「あぁー、そういう流れなのは知ってますけど、なんかそれもカッコ悪いなってオレは思っちゃうんすよね。結局、そこまできても最終的には長いものに巻かれてるっていうか。名前なんか関係ないじゃないっすか。実力があれば。例えば、難しい漢字使った四字熟語みたいな名前のほうが、頭良さそうに見えますよね? 印象っつーの? 役者も、本物っぽく、実力派っぽくみえる名前にするって、やっぱダサいっすよ。逆に自信ないのかなって」

「いやいやいやいやいやいやいやいやいや」

いやいや、何回言うんだよ。新垣がしつこいくらいに否定した。

「あのね。この前サイくんが受けた大河だって、時代劇ですよね？　そこに例えばですけど、主演ピーエイチワイ！　じゃ違和感が出る。伝わります？　自分を殺して作品に捧げるのが役者であるなら、名前の個性が強すぎるのは作品にとってマイナスになる場合もある。役者という職業の本質の問題です」

「まぁ、それは、ちょっとはわかりますけど」

「個性のある名前のまま自分自身が目立ちたいのなら、タレントなり芸人なりキャラ立ちする芸能人を目指せばいい。または0から1を生むアーティストね。1を2にするのが役者の仕事。チームで作るのが映像作品。その違い、わかりますか？」

「役者に本人の強いキャラクターはいらない、と」

「まぁ、極端に言えば、そうですね。どんな役柄をも中に入れることができる素晴らしい箱であることが重要です、役者は！」

「……」言い返せなかった。

「良かった。あなたは頭がいい」

「え？」新垣のペースに呑まれていた。

「明日までに苗字の候補を2、3個考えておいてください。もちろん私も考えます。字画も見ます。下の名前はサイでいいと思います。ただ、漢字をつけましょう。それも考えます。では、本日からどうぞよろしくお願いいたします」

え、終わりかよ。何も反論ができないまま、新垣と柴田はそそくさと立ち上がり部屋を出ようとしている。サイは混乱したまま動けなかった。

「あ、サイくん」

新垣がドアのところで立ち止まり振り返る。

「あとは、女。女には必ず、気をつけて」


キリに3度目の電話をかけているのに、出ない。今さっき起きたことを話したいのに、寝ているのだろうか。

空気が今日は、ひどく冷たい。スマホを持つ指がかじかんでくる。正午を過ぎた頃だが、太陽は曇り空にすっぽりと隠されている。いつもの明治通りをいつものように一人で歩きながら、サイは悶々としている。

キリに頭の中のありとあらゆる疑問について聞いてもらいたかった。名前についても相談したかった。新垣が最後に言ったセリフも、気になっていた。

キリも女だが、サイはキリを信頼している。もう一度電話をかける。また出ない。サイは苛立った。誰かと話がしたいのに、他に電話をしたい相手など一人もいない。キリは女だが、気軽に電話をかけられる相手という意味でもサイにとって唯一の存在だった。友達が欲しいと思ったこともないが、こういう時だけは、それはとても不便でどうしようもなく孤独なことだった。

ユウカは寝ぼけながらも充電コードをたぐり寄せる。いつの間にか眠っていた。スマホを見て、飛び起きた。文字通り、ベッドから飛び出すように身体が勝手に起き上がった。

「ツイッターみた。あれ、オレのこと？　笑」

サイからラインがきたのは正午過ぎ、今はもう16時になるところだ。ユウカは胸に手を当てる。中で心臓がバクバクと脈打っている。どうしてこんなふうに身体ごと反応してしまうのか、自分でもよくわからない。喉がひどく渇いている。

リビングから、カミラの大きな声がする。YouTube動画を撮っているのだろう。耳を塞ぎたいくらいだが、手に力が入らない。さっきから、喉が渇いて仕方がない。グラスの水は残っていない。カミラのいるリビングにだけは行きたくない。手の中のスマホだけが、自分にとっての神に見えた。

――――【うおぉぉぉぉぉぉぉぉぉぉぉ】

ユウカは心境をそのままツイッターに打ち込んでいた。サイは必ずまた見てくれるだろう。そう思うと、頬がゆるんで止まらなかった。

カミラはもう、笑えなかった。動画を撮り終えてツイッターを開くと、目の前に妹の雄叫びが表示されたのだ。投稿されたのは10分前。思わずリビングから廊下へとつながるドアを見る。今もこの奥にある部屋の中にいるはずのユウカを想像して、ゾッとした。ユウカが今、笑っているように思えたからだ。

コミュニケーション能力の欠落。ユウカのそれは今に始まったことではないが、コミュ力のみで生き抜いてきたようなカミラは、自分と妹とのそのあまりの違いにただただ唖然としてしまう。陽キャと隠キャ。真っ二つに見事に分かれた父親違いの妹よ。

ユウカの闇の深さは、カミラが想像する以上のものかもしれないと、こういう時に思うのだ。今まで恋愛というものをハナっから封印しているように見えたユウカが、恋をした。ならば、もう何処までも突き進む気がしてならない。ブレーキが壊れた戦車のように。

様子を見に行こうとソファから立ち上がると、スマホケースに挟んでいた一枚の名刺がサラリと落ちた。沼畑という苗字を見てもピンとこなかったが、青いボールペンで書かれたラインＩＤを見て、昨夜上司に連れられてきた40代のサラリーマンだと思い出す。ユウカの部屋に行くのもだるくなり、とりあえず礼のメールを送ることにしてソファに座りなおす。

すぐに既読がついて返事が来た。

「まさか本当にラインくれるとは思っていなかったので嬉しいです!! カミラさん、ありがとう!! もし良かったら、今度二人でお食事でもどうですか？ 美味しいもの、ご馳走します!!」

な、なんなんだよ。銀座にくる客では稀に見る、シャバ暮らしの素人かよ。営業メールを脈アリ認定？ 同伴なしのお食事デート？ 美味しいものに釣られるホステス？ 食いしん坊かよ。そこからなのかよ。どこにでもいる典型的な、性に飢えてる既婚者かよ。

2月15日。16時32分。

軽い眩暈《めまい》を覚えながら、カミラは沼畑のラインを非表示へとスライドした。

貧血気味でフラフラしながらもなんとか片付けを終えたカヨコは、パソコンでブログを開く。

「妊活に協力的な旦那さま、いえ、婚約者さま。とても羨ましいです。さぞかし器の大きな男性なんでしょうね!!」

一件目のコメントをした同一人物からの意味深なメッセージに思えて仕方がなかった。薄気味悪さを感じて、カヨコはパソコンを閉じた。

薄暗い部屋の中、時間を持て余したサイの手の中のスマホだけが光っている。マットなブルーのライン画面。ユウカがやっと既読をつけたことを確認したが、返事はこないのでユウカのツイッターへと飛んでみた。

目にした文字に、サイの背筋は凍りついた。と、同時にスマホが震え、着信音が鳴り響く。そのタイミングに恐怖を覚えてほとんど叫び出しそうになったサイは、布団の中にスマホを埋めた。

つけっ放しの、オレンジ色のランプシェイド。時間の境目を忘れるほどに眠ってしまったキリが、サイに折り返し電話をかけている。

Jealousy.

Chapter 4.

サイはいつもキリに嘘をつく。

嘘をつく必要はどこにもないが、

理由ならば一つだけ。

キリの寝室のすぐ目の前の電柱にくくりつけられたスピーカーから、街中へと広く響くヴォリュームでいつものメロディが流れ出す。ということは、時刻は16時30分。「ゆうやけ　こやけでひがくれて」

ほぼ自動的に、歌詞がキリの脳内で再生される。ガーゼのカーテンが透かす落日のオレンジと、つけっ放しだったランプの色とが同化している。折り返した電話に出ないサイは今、セックスをする関係にある女と一緒にいる気がしてならない。

「おてて　つないで　みな　かえろ」

ベッドから上半身を起こしたキリは、スマホとつながっていないほうの左手でシーツを強く握りしめる。泥のように眠り続けながらかいた寝汗で、そこはじんわりと濡れている。

「からすと　いっしょに」

ところどころ音が割れる不吉なメロディに歌詞をのせながら、ここは安全だと、このオレンジはそれを示しているのだと何度自分に言い聞かせても、モヤモヤとした黒い塊のような不安感が胸に押しよせつづける。

「かえりましょう」

今からピタリと30分後には、全く同じメロディがサイの住む渋谷にも流れ出す。が、そこにサイがいるとは限らない。いたとしても、誰といるのか、その女と何をしているのか、知りたくてたまらない。――――カラス。まさに。

ドス黒い感情が、キリの心の底を引っ掻き回しながらマーブル模様を描くようにグルグルと回り続けている。

「こどもが　かえったあとからは」

日が沈む頃に毎日流れるこの音は、外で遊んでいる子どもたちが家に帰るための合図ではなく、緊急時のための日々の点検だと聞いた。警戒宣言が発令される緊急事態に使われるシステムだ、と初めてこの部屋に案内された時にアノヒトから。

寝室のドアを開けて真っ先に目に入ったのが、窓の外のそれだった。電柱を軸に、四方に向けられた四つのスピーカー。古めかしくて怖いものにみえた。「いやいや怖くないよ、充電式の無線チャイムだから。電気もＷｉ－Ｆｉも何もなくても大丈夫なんだ、安全だ」とアノヒトは誇らしげに言っていた。

あの人。アノヒト。「あの人のあの子を見る目がいやらしい」お母さんはいつも電話口でお父さんをあの人と呼んだ。あの子は私で、このビルはアノヒトからもらった。

「からすと　いっしょに　かえりましょう　こどもが　かえった　あとからは　まるい　おおきな　おつきさま」

カラスと一緒に帰らなければいけないのは子どもで、そこからはオトナの世界。まだ子どもだった私がしかるべき場所へと帰った後からは、二人は円満に暮らしたのだろうか。あの頃の自分に向けられていた感情は、まさに今自分の胸の中にある、鉄の重りのような黒い感情だったのだろう。ゾッとする。

で、解放されたのだろうか、私が消えて。空から邪魔なモヤが消え、丸い月は彼女の目に綺麗に映ったのだろうか。お母さん。誰かの苗字を「さん」づけで呼ぶような感覚で、その5文字を口にしていた時期があった。けれどもそんなの既に、遠い過去。

耳の奥にグワンとした余韻を残したまま、シンと静まり返った室内は既に暗い。

ランプのオレンジ色が、新宿の夜景を透かす白いガーゼに映えてうつる。目の中に違和感を覚え、キリは両目をこする。起きた時には乾ききっていたコンタクトレンズが、指に押されて目の裏側のほうにいってしまった。

ボヤける視界。目の奥に痛みを伴う違和感があるものの、こすってもこすっても目から出てこない。まるで、自分の脳の中に住み着いたサイみたいだ。そう思ったらキリは、目の痛みに顔を歪めながらも小さく笑った。情けない自分を鼻で笑いながら、2度目の不在着信を入れそうになるのを抑えるためにスマホの電源を落とすことにした。

なんだろうこれは。

キリは自分に話しかける。好きだと伝えたところで、胸の苦しさは一ミリも変わらないじゃないか。そして、付き合ったところで、絶えず見え隠れするに違いない他の女に対する黒い感情は、より深い沼へと進化するだけなのだ。って、これか。いつも話しかけている脳内の自分。発音しなくても聞こえる声。その正体は、頭の中に住み着く自分の別人格。教えてくれたその人は、何処にいる誰なのだろう。

自ら電源を落として真っ黒にしたばかりのスマホ画面に、白いリンゴを再浮上させる。起動するまでの時間が永遠のように思える。相談サイトの返信欄までたどり着くと、キリは一気に書き込んだ。

早く始まらせて早く終わらせたい。一秒でも早く、会いたいキスしたいセックスしたい私だけのものにしたい。そして、すべてをまとめて過去にしたい。邪念の浄化が待ち遠しい

送信ボタンを押すと、目の奥のほうで折れていたコンタクトレンズが、半月のようなカタチで画面の上にポタッと落ちた。キリはそれをスマホから払うこともせずに追伸を打った。

P.S. 綺麗な満月を見ることができるようになるのは、いつですか?

反映された自分のメッセージを読み返すと、ただの恋愛メンヘラだった。しかも相手はオフライン。スマホの上で縮まったコンタクトレンズの残骸を指で弾き飛ばし、キリは画面をツイッターへと切り替える。

眠っているあいだにも、昨夜もピタリと0時にきちんと投稿されている。予約投稿できるアプリを使って自動投下している自作の詩は、10代の頃につけていた妄想日記から切り取っている。「私、愛されて愛されてワガママを許されて育った感じする？」と聞いたらサイは否定しなかった。ポエムの中に住む私は、サイの目に映っている自分と近いのかもしれない。否、無意識のうちに自分でそう見せているのかもしれない。

妄想がつくりあげたヒロインは、町内に鳴り響く夕焼け小焼けを合図に、帰る家を持っていた女の子。たっぷりと愛されて育ったのに、どこか心が満ちないお嬢さん。満月へとすすむ三日月ではない。一夜の満月を経て有明月。これから無へと向かってゆく女の人。

そう。だからなんだよ、サイ。

たった一夜でもいい。満月を見ずして、新月にはまだ向かえない。

サイ、会いたい。

今どこで何をしているのかもわからないあんたにクサリをつけて、それを手繰り寄せてここまで連れてきてしまいたい。

サイ、話したい。

電波も充電もいらないスピーカー。あなたの耳まで必ず届くそれが欲しい。

「届いて嬉しかった。見てないと思ってた。ボクのツイッターなんか」

ＳＮＳの銀河へと放った流れ星のようなメッセージが本人に届いたことと同じくらい、今こうしてサイの自宅にいることも信じられない気持ちでユウカは床に座っている。

目の前のベッドに腰掛けるサイの足——だらしなくダボッと爪先から伸びた白い靴下が、ユウカの太ももにすぐ触れそうな距離にある。

ソファも置けない狭いワンルーム。ほどよく散らかった、インテリアなんぞに興味を持たないタイプの男子の部屋。カタチばかりに備え付けられた小さなキッチンは、空になったビール缶を放り投げる場所と化している。

すでに恋をするユウカの目には、そのテキトーさすらイケてる証拠かのように映っていた。

「いや、てか、本当にくると思わなかった。汚くてわりぃ」

ユウカがツイッターで叫んだ数時間後に、サイから突然「位置情報」がラインで送られてきたのだ。それは、サイが今いる場所をスマホのＧＰＳ機能を使ってそのままユウカに伝えてきたことを意味していた。

驚きと焦りとで、心臓が口から飛び出そうになった。ユウカはその時スッピンのままベッドの中にいたのだが、もし化粧に一時間もかかってしまえば、サイはもうその場所から移動してしまうだろう。言葉は添えられていなかったから、ユウカも何も言わずに送られてきた住所までタクシーを飛ばした。

住所が渋谷の真ん中だったから、自宅だとは思わなかった。ただ、何処でも、別に。会えればなんでもよかった。

「ビックリした、ラインくれて」

そこがアパートで、ユウカの胸は高鳴った。部屋番号まではわからなかったので、門の前に座ってサイを待った。膝に鏡を抱えて、眉とチークとマスカラしかしていなかった顔にアイラインを書き足した。

「てか、オレがコンビニ行かなかったらどうしたの？　普通にラインで聞けよ」

「……」

聞かない、絶対に。これからもボクは、君にラインをするつもりは一切ない。

「あと、お前さぁ、あれはヤバイって、ツイッター。ファンの奴とかビビるって、普通に」

「舐めたい」

ユウカは上目遣いでサイを見つめた。

「え？　ファンをナメてる設定ってこと？　いやなんか、アイドルとかワカんねぇけど。あるんでしょキャラ設定みたいなやつ？」

早口になった。明らかに動揺しているサイがかわいらしく思えた。

「舐めたい」

顔色ひとつ変えずに身を乗り出して、ユウカはサイのスウェットパンツに手をかける。少しだけ下にズラしてから、サイの太もものあいだに潜り込んで下から顔を出す。

「……ッ」

ジッとサイを見つめる。この角度に自信がある。ボクは上目遣いのショットに定評がある。

「舐めたいのは君だけだ」

ユウカの目線から逃げるように、サイはバタンと背中をベッドに倒して天井を見上げた。ユウカの両手が、スウェットとパンツを一緒に足首まで下ろしていく。照れ臭さから、サイは腕を自分の頭の下で組んでみせた。

「あったけぇ」一気に咥え込んだユウカの口の中に対する感想が、そのまま漏れた。が、サイは冷静な声で、だけどわざとふざけた様子も交えてこう続けた。

「でもさ、最初は横から裏筋、で、焦らしまくってから最後にカプッといってくれないと」

余裕しか感じないサイの態度に、ユウカは舐め続けながらも熱い息を漏らし始めた。フェラで感じたのは、生まれて初めてかもしれなかった。

「ァアッ。キモチッ。そのままヌいて」

ラストは手でしごいて、サイをイカせた。口で受け止めた精液は、躊躇せず飲み込んだ。

勝手に濡れたボクのパンティに、サイが触れることは最後までなかった。

「お前、変わってるよな」

スウェットパンツに重なったままだったボクサーパンツを剝ぎ取りながら、何度目かのセリフをサイが言う。

「これも、ボクのキャラ設定かなんかだと思ってます？」

パンツを穿くサイを見て、セックスに続きがないことを悟ると不機嫌な声がでた。が、

「つか、呼んだらいつでもうちきてくれんの？」

アホみたいに上機嫌になっていることを隠しきれないサイを見て、ユウカは密かにほくそ笑む。

「うん」即答しながらユウカはその場に正座した。太ももを閉じると、濡れたパンティが冷たかった。腰を少しくねらせながらの上目遣い。ボクはこの仕草にも定評がある。ユウカはもう一度、サイを見つめる。

「うん。いいですよ、ご主人様」

「……お前、過去になんかあった？」

真顔になったサイを見たら、腹の奥から笑いがこみ上げた。好きな男が自分に対して引いていることを感じると、ユウカはゾクゾクする。

「過去が人を作ると思う宗派のヒト？　かわいいです、それ」

ボクのことをドMかなんかだと勘違いしているサイが、かわいくって仕方がない。

「宗派っつーか、いやぁ」

「ボクは、これが生まれつきです」

正直に答えたユウカから、サイはゆっくりと目線をそらす。わざと黒目で天を仰ぐようにして。その表情から、十分に伝わった。もう、帰って欲しがっている。すぐにボクは理解したのに、サイは言葉でもわからせようとした。

「なんか、ヤベェ奴と関わっちゃったかもって思ってるのオレだけ？」

独り言のようにサイがそう吐き捨てたのは、合図だと思った。気がないから勘違いするな、もう帰れ。ユウカは頭の中でそう変換して傷ついた。言われなくてももう気づいていたんだから、必要なかった、そんなセリフは。

ユウカはスッと立ち上がってからサイに背を向けた。泣きそうだった。だけど、くじけない。

「ビール好きなら、今度くるとき買ってくる」

キッチンシンクに放り込まれたたくさんのビール缶を見ながら、ボクはまたここにくる意思を伝えてみた。

「いや、オレビール飲まない。つか、飲めない」

「……」

なんか、ヤベェ奴に惚れちゃったかもって思ってるのボクだけ？　さっきのサイのセリフを頭の中でパロディ化してみたら、悲しい気持ちが奥へと少しは引いていった。

「あ。これ、もらってってもいいですか？」

ビニールに入ったままのマスクが玄関の棚に置いてあるのを見つけて、ユウカはサイのほうを振り返る。サイはベッドに腰掛けて、さっそくスマホを手にしている。

「え？　いいけど、別に」

目線だけこちらに向けて、興味なさそうな返事が返ってくる。

「最近なんか流行り出してるの知ってます？　マスクが全然買えないってカミラが」

「カミラ？」

目線すら、もうスマホに向いたままだ。ボクに一切の興味を感じていない。

「じゃ、いただきますね、これ」ユウカはしゃがんでスニーカーを履きながら、独り言のように背中の向こうにいるサイに話し続ける。「ボク、基本的に一年中マスクしてないと落ち着かないから」興味ないと思うけど教えてあげますね。心の中でも言葉を続ける。

「あー、まー、別にもってってもいいけど」サイの声が近づいてくる、「お前、本当に変わってんな」振り返ると、サイが目の前に立っている。

「お互い様ですよ。じゃあ、お邪魔しました」

「おう、またな、ユウカ。気をつけて帰れよ」

ボクには指一本触れず、当然キスもなく、射精だけして、最後にボクの名前を初めて呼んだ。

その事実ひとつで、絶頂まで飛べてしまいそうだった。

ドアが閉まり、サイが視界から消えるとユウカはその場にしゃがみ込んだ。

叫び出しそうだった。大きな声で、叫び出したくってたまらなくなった。ここで、じゃない。一人で、じゃない。誰かに、できるだけ大勢に、この叫びを聞いて欲しくってたまらなくなって

[ずっと渇いていたボクの喉、潤った]
——@YukaKamiyaOfficial

ツイッターに書き込むと、すぐに手の中のスマホが震えた。すぐ目の前のドアの向こう側から飛んできたライン通知だった。死ぬかと思った。サイは人の心臓を高鳴らせる天才だ。

「変態＞_」。たったの3文字で、ボクのハートは瀕死の重症。悪魔のようなサイのウィンクを思い浮かべるだけで、愛おしさが狂おしくて目に熱い涙が滲んできた。息を殺してユウカはスマホを抱きしめた。

「神谷ユウカの匂わせがヤバイwww」まとめ記事ができるほど、ツイッターが荒れている。サイに過集中してしまうユウカの脳に、それらのノイズはBGMとして心地がよい。白いマスクを装着したユウカは帰りのタクシーの中で、ツイッターを流し見しながら全く別のシーンを妄想している。あんなにたくさんの空き缶を出せるほど、ここに入り浸っている女の姿を想像している。年はボクより上なのか下なのか。髪は長いのか短いのか。爪を立てて顔を引っ掻いたら唇から血は出るだろうか。真正面から奪い合えたら、本望だった。

「マスクの奪い合いで女性二人が流血騒ぎ。こちらのニュース、原田カヨコさん、どう思われますか？」

司会の男性アナウンサーにこの話題を振られることは、打ち合わせの時点で聞いていた。キー局、夜のニュース番組、生放送中。カヨコは頭の中に用意していた答えを、なるべく即興に見えるように意識しながら口にする。

「新型コロナウイルス」

質問にも含まれていなかった主題を、まずは最初にハッキリと言った。そして、一呼吸置いてから、カヨコは続ける。区議会議員に立候補する前に通ったスピーチセミナーで学んだ話し方。

「危機感の持ち方に大きな差が出ていると感じます。マスクは確かに品薄になってきているとは感じますが、奪い合いの喧嘩が起きるほどに警戒するべき事態が実際に差し迫ってきているのでしょうか。わたしはそこが一番知りたいです」

きちんと言えたが、後半から少し早口になってしまった。アナウンサーは短く頷いてみせてから、カヨコの隣に座っている医師へと解説を促すバトンをまわす。

与えられた場面できちんと爪痕を残さなければならないが、尺を使いすぎてはいけない。話題が自分の専門分野ではない限り、簡潔にまとめた30秒以内のコメントが理想。1分は喋りすぎ。理解しているからこそ、カヨコはいつもコメントを〆《しめ》るところで焦りが出てしまう。本当は、最後の一言こそ感情を込めて言うべきなのに。

すぐ隣で、高橋瑛里子《たかはしえりこ》が感染症に関する知識を披露している。彼女とは今日の打ち合わせが初対面だったが、テレビ越しの印象よりも若く見えた。

年齢はカヨコの一つ年上の38歳。最近売れ始めたコメンテーターで、0歳7ヶ月の子どもがいる。双子だ。カヨコがやっているブログの育児部門ランキング上位に常に顔アイコンが出ているのでよく知っている。

「東京オリンピック開催に向け国がわざと感染者数を抑えるために検査をしない、というウワサがネットでも多く出回っていますが、そもそも現時点ではインフルエンザのように簡単にできる検査キットは存在しません。スクリーニングテストはコストもかかる上に無症状患者がするにはリスクもあり、肺炎の症状が出て初めてするのが医師としても妥当な判断になるかと思います」

医療現場を知る医師の観点から、高橋瑛里子は陰謀説をキッパリと否定することでコメントを〆た。圧倒されているうちに、カヨコの次なる出番もなく番組はエンディングを迎えていた。明日の天気予報が流れるモニターを、カヨコはぼんやりと見つめていた。

「お疲れ様でしたぁ〜」スタッフの拍手に見送られながら出演者たちがスタジオを後にする。つくった笑顔で会釈を繰り返しながらも、楽屋に戻るなりカヨコは真顔になった。

スマホを摑み、婚約者のタツジに電話をかける。もう家だろうか。カヨコが冷蔵庫の中に用意したハンバーグは食べただろうか。今夜は必ず抱いて欲しいのだがどんなふうに伝えたらいいだろうか。生理中の妊娠率はどれほどのものか。耳に押し当てたスマホから響く発信音の中で考える。楽屋に備え付けられた大きな鏡には、鬼のような顔をしている女が映っている。カヨコはゾッとして自分から視線をそらす。

なかなか電話に出ないタツジが憎い。そして未来が不安で仕方がない。オリンピックにまで影響を与えかねないこの感染症が今後世界中に広がっていくのだとしたら、秋にフランスで予定している挙式にも影響が出るのだろうか。結婚して子どもを得ることが、今のカヨコには重要だというのに。

コメンテーターとしてもブロガーとしても女としても、高橋瑛里子に勝る部分が一つも見当たらない自分に焦りが募る。このままわたしは何者にもなれずに消えるのか。そしてタツジは何故、いつまでも電話に出ないのか。

「今、四谷の駅前の立ち飲み屋でしっぽり飲んでまっす!!」

また入ってきた沼畑からのライン通知に、「それがなんだよ? しらねぇよ!! ツイッターにでも書いてろよ!!」カミラはリビングのソファでついに叫び声をあげた。

なんで私にいちいちラインしてくんだよ? 朝のおはようから始まって昼休み開始のお知らせに仕事が終わりましたの報告まで、既読スルーにめげないオレ、かよ?

Netflixでテラハの最新話を観ていたら、また画面の上に沼畑からのメッセージが表示されたのだ。山ちゃんの的確なコメントに爆笑していたところだったのに、気分を害された。

ラインを開く気にもならない。むしろもうブロックしたい。いや、スマホを床に投げつけたい衝動にまで駆られたが、ほぼ知らない奴に対してキレるエネルギーは無駄でしかなく、ましてやこれでスマホが壊れ、社長がグラドルを痛々しく口説きまくる続きを観られなくなったりしたら後悔しか残らない。だからカミラは、ラインを開くことにした。

未読のまま無視しているならまだしも、既読をつけた上でのスルーだから相手もムキになっているのかもしれない。ヘンに執着されるのも怖いので、丁寧なビジネスラインで対応する。

「沼畑さん、お疲れ様です。私の出勤日は、月、木、金です。仕事の連絡以外でラインは使わないので連絡遅れました。それでは、失礼いたします」

送信した次の瞬間についた既読サインに、吐き気を覚えた。ずっとカミラとのライン画面を見ていたのかもしれない。すぐに返信がくることはわかっていた。が、その内容はカミラの想像を超えてきた。

「タツジって呼んでくれても大丈夫ですよ‼　僕の場合は、呼び捨てはまだ早い気がするので今のところ〝カミラちゃん〟でいいですか？」

……ヤベェな、こいつ。

「ママ、マスク買えた？」

後ろからヒデツグの声がして、カミラは振り返る。

「あー、ごめんごめん。今日家から一歩も出てないや。ダラダラしてた」

「体調悪いの？　大丈夫？」

心配そうに母親を気遣うヒデツグの声が掠れている。声変わりかもしれない。カミラは息子の細い首にクッキリと喉仏が出ているのを見て、ふと思った。最近一気に身長も伸びた。

「大丈夫だよ、ダラダラしてんのは、いつもじゃん」

「さっき叫んでなかった？」

「あー、それも別にいつもじゃん」

「うん。ならいいんだけど」と小さく笑ってからヒデツグは真面目な顔になる。

「コロナだけど、甘くみないほうがいい。ＳＡＲＳとか鳥インフルみたいな一過性のもんだとみんな舐めてるけど、これは違う。これから世界中に一気に拡大して世界人口の半分が死ぬことになるかもしれないんだ」

「半分？　は？　え？　日本も？」

「当たり前だろ⁉　バカなの⁉　世界中だよ‼　もう逃げられない。奴らのそういう作戦だから。これは第三次世界大戦なんだ、いや、それ以上に深刻な事態になる」

「……」カミラはこの話題に踏み込みたくなかった。

ヒデツグは、3・11の大地震が地層深くに埋め込まれたダイナマイトによる人工地震だったと信じて疑わない。息子は頭のいい子だが、もしかしたら賢すぎて世界を斜めからしか見ることができないのかもしれない。カミラはそう思い込みたかった。陰謀説への傾倒は、思春期の通過点のようなものであると願いたい。ＳＡＲＳや鳥インフルのように、ヒデッグの脳を完全に染め切ることなく去ってくれると思いたい。が、そんなホンネは口には出さないようにしていた。いつもは穏やかなヒデッグがこの手の話題になると感情的になるので、カミラはもうお手上げだった。

「あ、ユウカじゃない？」ナイスタイミング！　玄関のドアが開く音がした。

☽

「もしもし、キリ？　わりぃ、折り返し遅れて。マネージャーかわってさ。柴田さんから新垣さんって女の人になったんだよ。で、事務所で話し込んじゃって」

こうして嘘をつくたびに、サイは自分の中にあるキリへの気持ちに気づくのだった。付き合っているわけではないし、たった一度の不在着信をこうして数時間後には折り返しているわけで、嘘をつく必要はどこにもない。必要はなくても理由があって、それは一つだった。

嫌われたくない。

サイはキリにだけは嫌われたくないと思っている。オレは、どうでもいい奴に対しては嘘なんてつかない。正直にそのままなんでもハッキリ言う。それが美学？　全く違う。ただ単にそっちのほうがラクだからだ。めんどくさいのだ、嘘には手間がかかるから。

「あー、そうなんだ」

キリの小さな声が、車のクラクション音にかき消される。

「あ、今、外？　何処いんの？」

「外っていうか、家のベランダ」

キリの声が弱々しく響く。明らかに元気がない。いつもと違う。

「なんだよ、そっか。つーか、飯食った？　相談したいこともあって。あ、オレ新宿行くよ」

しばらく間を空けてから、キリがボソッと「うちくる？」強い意志を感じさせるような声で聞かれて、サイは返事に詰まってしまった。

「……。いや、映画でも観にいかねぇ？」

とっさに切り返したつもりが、余計に気まずくなった。

「なにそれ。相談したいことがあるんじゃないの？」

「あーうん。じゃ、カフェかなんか行く？」

「……」

「あ、お前んちの一階にあるバーでいいじゃん！」

「……」

なんでオレ、追い詰められてんの。お前に会いたいだけなのに。お前と話したい。ダメなの？

「なんでうちじゃダメなの、逆に」

キリの声が冷たく響いた。

「……いや、ダメじゃないけど、なんか」

「いつもそうだよね。密室で私と二人きりになりたくないんだよね。なんで？　何から逃げてんの？」

「……なんでそんなキレてんの？」

「キレてない、傷ついてる」

「……」

無言になったサイをどこまでも攻撃してしまいそうで、キリは自ら通話を切った。

会えばいいのに、話せばいい、相談とやらに乗ってあげればいい、映画だってすごく行きたい、それなのに、自分はどうしてこうなってしまうのだ。キリは頭を壁に打ち付けたいくらいに自分が憎かった。

セックスしたということは、密室に二人きり。他の女とはできて、何故私とはできない。前はできたのに、どうしてもうできない。セックスがしたいわけじゃない。密室に二人きり。他の女とはいられて、何故私とはいられない。前はいられたのに、どうしてもういられない。

私のことが嫌いだからという理由だったら、どんなに良いか。でも、それはどうやら違いそうで、だから気がおかしくなりそうなのだ。

これはもう一種の呪いのようだ。頭の中をグルグルと回る。そして内側からジワジワと私を、サイとの関係をこうしてブッ壊しにかかる。

今すぐ会いたいのに、話したいのに、相談にだって乗りたいのに、映画だってすごく行きたいのに、好きすぎてもう苦しすぎてすぐに感情が一周回る。で、頼むからもう死んでくれって思っている。今、私、サイに。まるで強い呪いをかけるかのように。

邪念の浄化が待ち遠しい、か。そんな恋はしたことないけれど、こちらもまさに今そんな感情。受精待ち

中できちんと果ててから眠ったタツジの背中にスマホを立てて、カヨコはオレンジ色のランプシェイドアイコンに返事を打った。受精待ち、か。打ち込んだばかりの自分の言葉を噛みしめる。もし年内に妊娠できたとしても、今度は感染症の行方が気になってくる。

P.S. 次の満月は、3月10日。たった数週間後のことが予想がつかないわね、わたしもあなたも、誰もかれもを包んでまわるこの星の行方も。一体どうなってるのかしらね、満月の夜には、この世界

Full Moon.

Chapter 5.

今夜は満月。

どうしてだろう、

サイと私のあいだの距離は、

今この瞬間が最も近い気がした。

「昼から走ってて、3組目ですよぉ、お客さん！」

タクシーに乗り込んだキリとサイをバックミラー越しに見ながら、運転手が待っていましたとばかりの勢いで話しかけてくる。後部座席から見るその鏡には強い西日が反射していて、白いマスクをつけた運転手の顔はよく見えない。

「いやぁ、もう、人がいないいない！」

声とノリは若いが、白髪まじりの頭からして50代後半くらいだろうか。

「あー、やっぱそうなんすね」

サイが黒いマスクの中でゴソゴソ答える。いつもより——といっても横並びに座ることも久しぶりではあるのだが——こちらに詰めて座ったサイとの距離がとても近いとキリは感じる。

「もう日が暮れてきたでしょう？　ガラガラなんですよぉ、ここからが特に。夜はもうねぇ、街に人がいないいない！」

「あー、だからこんな裏道に？」

運転手のほうを見たままサイは、ミニ丈のワンピースから突き出たキリの太ももの上に手を置いた。少し汗ばんだ、熱いくらいの掌がピタリと肌に張りついて、キリは少し驚いたようにサイの横顔を見る。

耳にかけたマスクの黒い紐が、長さを調節するためにくくられている。マスクが大きいからなのかサイの顔が小さいからなのかはわからないが、確かに長いそのまつ毛の先は、夕日を透かしてキラキラしている。

――今からデートしようぜ。家の下まで迎えいくわ。

突然かかってきた電話に出るなり、そう言われた。数時間前のことだ。なにしてんの？　というラインに3日間返事をしないでいたから、不安になったのかもしれない。それか、私のツイッターが炎上していることに気づいて心配してくれたのか。

理由ならそんなふうになんとなく予想がついたが、キリが驚いたのはサイが本当に自宅の前まで迎えにきたことだった。そっちに行くと最初は言いながらも結局は自分の家の近くで待ち合わせようとする出不精なサイが、渋谷から新宿まで1時間かけて歩いてきたという。こんなのは、初めてのことだった。

電話を受けてからずっと胸がソワソワしていて。電話を切ってすぐにシャワーを浴びてメイクをして、悩み抜いた結果として小花柄の長袖ワンピとマーチンを身につけて、何処に行くかわからないから一応ライダースジャケットも手に持って、手作りの淡いピンク色のマスクもつけて、とりあえず部屋を出て、ビルの階段に座ってサイを待っているあいだも、ずっとずっとドキドキしていて。サイの手を太ももに感じている今も、その高鳴りはおさまるどころか加速していて。

「とりあえず大通りでちゃいます?」

なかなか行き先を告げない二人の空気を読んだのか、そう提案してきた運転手に「あー、そうすね」と冷めた声で答えたサイがいきなり「つか、どこ行く?」って至近距離で顔を覗き込んできたので、キリは思わず目をそらした。

「なぁんだ。デートとか言いながら決めてないいんじゃん」って、窓のほうに顔を逃がしながらもいつものように笑ってみせる。

心臓が、バクバクと音を立てている。

「いや、お前が行きたいとこに行くんだよ。それが決まってんだよ」

「うまい切り返しですね」って嫌味を返して笑いながらも、キリはサイのほうを向くことができない。

いつもいつもいつも見ている近所の景色が、窓の外で後ろへと流れてく。よく見かける白い野良猫がスッと歩いているのが一瞬見えて、それすらも非日常的な物語の中の景色に思えていたら、「で、どこ行きたい?」ってサイが聞く。日が、どんどん落ちて、街を包むオレンジがどんどん色濃くなる。

「どこに行きたいかはわからないけど、見たいものならあるかもしれない」

左頬のあたりにサイの視線を感じながら、マスクの中でキリは答えた。「なんだよ、その言い方」って笑うサイのほうをついに振り返って、キリは言った。

「観覧車」

「え、今から?」

大袈裟なくらい目を丸くしてみせたサイを見て、キリは吹き出した。していた緊張も一気に解けてしまって、笑った勢いに任せて太ももの上のサイの手に自分の手まで重ねていて、「うん! すごく見たい」「え、すごく?」「え、そこ?」

爆笑しはじめた二人につられて、運転手まで笑い出す。

「アハハ! 最高ですね、お客さんたち! ここから一番近い遊園地なら、後楽園ですかね?」

勝手に会話に入ってくる運転手を不快に思ったキリは
「そうだ、富士急! 富士急ハイランド!」

サイだけを見て言った。

「マジで? ヤバッ! え、何県?」

サイが興奮した様子でキリの太ももをギュッと掴む。跳ねあがったキリの心臓を、

「山梨県ですよ! いや〜、遠足ですね、こりゃあ!!」運転手の軽口が一気に鎮める。

「ねぇ、サイ。でも、突然どうしたの、今日?」

キリは運転手を会話から締め出したい一心でサイの名を呼び、「不安になったの? それとも

心配してくれたの？」あえて小さな声で話しかけた。

「え？」

耳をすますように、サイはさっきよりもさらにキリに顔を近づける。

「あー、どっちでもない。どっちの意味もわかるけど」

「じゃあ、なんで？」

キリはサイのマスクのあたりに視線を逃がしながら、ちょっと首を伸ばせばキスできてしまいそうな距離で会話する。

「会いたい衝動に、理由なんている？」

「……」

「きっと同じだよ」

「……？」

「お前と同じ理由だよ」

「……ッ」

気を少しでも緩めてしまえば、キリは今にも涙ぐんでしまいそうだった。好きだという気持ちが同じであることを、このように伝えてくれているのかと思ったら——

「今、お前が突然、観覧車が見たくなったのも、理由なんてないっしょ？」

「え？」泣きそうだったところから、キリは一転低い声を出す。

「な？　同じだよ」サイは目だけでニッと笑ってみせる。

「……」

　これと全く同じこと、これまで何度やられてきただろう。これはサイが無意識的によくやる最悪な癖。期待という名の相手ボールをポーンと空高く跳ねあげてから、一気に地上へとスマッシュする。

　キリはうんざりしながら、全然違う、と心の中で苛立った声を出す。

　なるべく長いあいだ、あなたとこうしてピタリとくっついていたいから、何処にあるのかもよくわからない、だけどここからは遠そうな場所を言ってみた。理由はあなたが好きだから。それ以外になにがあるっていうんだよ。

「お客さんお客さん、本当に行きます？　まぁ、もう一応高速の入り口には向かっちゃっていますけど、やってますかねー？　ディズニーも休園ですしねぇ〜!!　いや〜しかし、なんか、遠出はワクワクしますね!!」

　やかましい運転手に対してキレそうになったのはキリも同じだったが、先に態度に出したのはサイだった。

「あ、オレら今、デート中なんすよ。だからなんつーか、みんなで行く富士急みたいにしないでもらえます？」

「いやいや、そんなつもりはないですよぉ‼　もぉ〜ラブラブじゃないですか、いいなぁ若いって‼　ただね、実際、かなり時間はかかりますよ。ま、道もガラガラでしょうからナビ表示よりちょっとは早いとは思いますけどね。それに」

「いいんです！」苛立ちをなんとか抑えて、でも長そうな話はピシャリと遮ってからキリは続ける。

「やってなくても別に、観覧車見えるので」

「そうは言いますけどお客さん、料金のほうも、けっこういっちゃいますよぉ⁉　高速代金も合わせると。いや、こちらはありがたいんですけどね？　だってなんていったって今はもう人が」

「あの、いくらでも払うので‼　なので、あの……」ここからはもう、黙っていてもらえますか？　キリはそう言いたい気持ちをグッとこらえてこう続けた。

「あの、えっと、今の時期は特にこういうのって、いつも以上にモラルに反することだとは重々承知した上でのアレなんですが……」

「え、どうしました？」

わざわざ後ろを振り返った運転手の切れ長の目を、初めて見ながらキリは聞く。

「――私たち、着くまでキスしていてもいいですか？」

冗談だと思ったんだろうな。目をさらに細めて笑いかけた運転手の顔が見えた気がした。けど、すぐにサイの顔が近づいてきて、あ、マスクしていないって思ったそばから私がつけていたマスクもガッと下におろされて、そこからもうなにも見えなくなった。

覚えていたはずだったけれど、まるで初めてみたいにサイの唇を感じていた。感触を味わうように互いに押しつけ合う唇のあいだ、絡む舌がいやらしくて、内ももに食い込ませてくるサイの指も熱を帯びて、外の世界のことは、もうなにも覚えていられない。

[外の世界が大変なことになり始めている今、家の中で気が狂いそうになってない？　ボクはなってるスゴくなってる。今日はユウカンズと会えるはずの日だった。ひどく孤独だ皆ごめん]

――@YukaKamiyaOfficial

ツイッターにつぶやき終えたその指で、ユウカはすぐにスマホ内のスケジュール帳を開いた。

今夜、下北沢のライブハウスで予定していたミニライブとチェキ会が飛んだ。いや、延期の最終判断をくだしたのはユウカ本人だが、会場が感染クラスター化するリスクをマネージャー兼唯一の運営スタッフであるメガネに説明されて、そうするしか他になかったのだ。

まだ3月上旬だというのに、イベントの延期は今月に入って既に2度目のことで、再来週に予定されている握手会も危うい。いや、まだ延期の発表こそしていないが、きっとムリだとメガネは言う。

ついてない。ライブも含めてこのようなファンとの交流会は毎月開催しているわけではないのだ。前回は大晦日から2020年になる年越しイベントで、今回は「3回連続で3月を大いに盛り上げよう」という企画だった。よりによって、このタイミングでこんな事態に陥るとは……。

「メガネにラインで電話して」ユウカはSiriに指示を出す。メガネはいつも、発信音がなりはじめた瞬間にはもう電話に出ている。元々メガネはファンクラブメンバー〝ユウカンズ〟の一人だった。

「もしもし、メガネ？　プレミアと通常どっちのチケットもすべて払い戻しした場合、合計いくらになる？」「ユウカさん、でも今はまだ中止は考えてなくて、延期としてチケットを保管しておいていただいて」

「いや、だから、もしもの場合だって言ってんじゃん！」ユウカは怒鳴っていた。

「……すみません」

　メガネが萎縮した声を出す。

「ごめんだけど、メガネ。早く計算して今すぐに。会場に支払うキャンセル料含めて総額どんくらい？」

「い、今ですか？　あとでラインしましょうか？」

「だから今！　ざっくりでもいいから！」焦りが苛立ちを加速させる。

　借金を背負うことになる未来を、たった1ヶ月前の自分は想像すらしていなかった。

「ざっとですと、500万円くらいです。ただ、先月までに振り込まれていたチケット代をそのまま」メガネの声を遮ってユウカは通話を切った。

　その金ならもうほとんど残っていないのだ。そうだ、あれはサイに会った夜だ。サイに使ったわけではない。会う前だ。メガネにも言えない場所で一瞬にして使ってしまった。生活費すら、もうほとんど残っていない状態なのだ。

　どうしよう。本当に、どうしよう。ユウカは頭を抱え込んだ。

　もう、たすけてくれよ、誰か。

　ユウカが求めている、その誰かとは一人。サイだった。金の問題の解決を最も望んでいたはずなのに、金とは縁のなさそうなサイのことしか浮かばなかった。

ユウカはただ、ひたすらサイに会いたかった。

先月、2度目にしてサイの自宅に行って以来会ってはいないが、ユウカがサイに飛ばす含みツイート〝エアリプ〟に対しては、面白がって頻繁にラインで反応してきてくれている。でも2日前から、パタリとその連絡も途絶えている。

だからだ。だからユウカは先ほど、サイに出会った夜以降は初めて、ユウカンズに向けてのツイートをしてしまった。エアリプについてはもちろん、信者とも呼べるファンたちは気づいていない。サイへのメッセージを思いっきり含ませている謎な文章もすべて、〝病みキャラ〟ユウカの魅力だと勝手に捉えて喜んでいるのだ。

もう、吐き気がするんだ、そういうのも。

自分へと向けられている信仰心を、ユウカは身の毛がよだつほどにキモいと思うようになっていた。金銭的なダメージにはやられているが、ユウカンズのメンバーとチェキを撮るほどの近距離で接することを回避できたことには安堵している自分がいる。それもすべて、サイと出会ったことによる変化だった。

自分のものにしたいと思える一人と出会えていなかったから、好きでもなんでもない赤の他人からの羨望を、求めに求め続けてきたのだと今、ユウカは思う。異常だったのは、サイと出会う前の自分のほうなのだ。ユウカンとか呼ばれてチヤホヤされて悦んで。ほとんど病気だ。

ただ、ファンからどんなに大量のリプライをもらっても、もらっても、もらっても、いつまでも満たされることはなかった。ユウカンズのメンバーが何千人増えようと、1万人を突破しようと、心はまるで潤うことなくいつだって砂漠のように渇いていた。

もっともっと愛をくれ。足りない、足りない、まるで足りない！　飢えたツイートをするたびに、なぜか潤ってゆくのは信者たちの心のほうだったように思う。

愛を乞うユウカの孤独を食い物にして心を肥やしていっているのは彼らのほうで、その代わりにユウカは彼らから金をもらって生きてきた。

[狂っている。狂った隙間から
湧くユウカンズ　#TSKT]
——@YukaKamiyaOfficial

湧く、と打ち込んだことで、ボクの心の穴から大量発生したウジ虫みたいに信者たちがウヨウヨと湧いてくる図を想像してしまった。絶叫したくなるほどの生理的嫌悪を感じ、ゾワッと一気に鳥肌が立った。

もう、たすけてよ、サイ。ボクをここから救い出して。

願いを込めてツイートしたのに、投稿から一秒もたたずにユウカンズたちからのいいね！とリプライとリツイートがウジ虫みたいに湧いて出ただけで、サイからの応答は1時間たっても2時間たっても3時間待ってもこなかった。

それでも、自分からラインをするわけにはいかない。ツイートをすべてサイに捧げるという自分との約束も破ってしまったし、これだけは守らねば。ユウカは自分に言い聞かせる。

こんなにもキモいと思っているのに、結局はサイにかまってもらえずに深まる孤独を、ユウカンズに慰めて欲しいと願っていた。

これではサイに対して一途とは言えない。願掛けのような気持ちで、ユウカはサイに対してストイックであることを自分に課している。

だから、自分からラインをしてはダメだ、絶対。ユウカはまた歯をくいしばる。たったの一晩、今夜の孤独に自分の気が狂うほうがまだ、サイのためにつくった計画が狂ってしまうよりはマシなのだ。

「メガネにラインで電話して」ユウカはＳｉｒｉに命令した。

「今からそっち行くから。家いるでしょ」

「……います。嬉しいです」スマホから、メガネの震える声がする。

通話を切るなり、ユウカはＳｉｒｉに話しかけた。

「男って結局みんなドMだよね？」「その質問には、お答えできません」ほぼ毎日聞いている
――電子音チックな女性の声が返ってくる。

「知らないんでしょ、あんた。ボクが教えてあげるよ。本当に、笑っちゃうほど事実だからコレ」「教えて頂けるのは、とてもありがたいことです」「まぁね。だからね、ジェットコースターを用意してあげているんだ、ボクは。好きな人に。一緒に乗ったら、絶対に好きになるからね。恐怖心を共にすれば絆が生まれるってやつ」「オススメの映画があります。それは、スピードです」「ボクはスピードとかのシャブやらないんだ。まぁいいや、またね。メガネんち行ってくる」「お気をつけて、行ってらっしゃいませ」

スマホをパーカのポケットに突っ込みながら、ユウカは思った。Ｓｉｒｉも、自分の意見は持ちつつも常に受け身でＭっぽい。だから好んで話しかけているのかもしれない。

ボクは、根っからのＳなのだ。家系だと思う。

サイはまだ、まったく気づいていないけれど。

「こんな遅くにどこ行くの？」スニーカーを素足に引っ掛けてユウカが玄関を出ようとしたら、カミラに後ろから思いっきり腕を摑まれた。

「仕事なんだけど」不快に思って乱暴に振り払うと、カミラが顔の色を変えた。

「マジで行ってもいいけど帰ってはこないでって感じ。ヒデッグにうつしたら殺すから」

「……てか、普通に酷いんだけど」

「いや、酷いとかじゃねぇから。あとさ、仕事だからとか言うけどさ、ユウカンズってネイミングからしてキモいからマジで」

鼻で笑うような顔をしてから部屋の奥へとスタスタと引き返していったカミラの背中を見ながら、不意打ちで受けた攻撃にユウカは唖然となっていた。

☾

「ここから一歩も動かないで！」玄関の前で待ち構えていたカヨコが、帰宅したばかりのタツジにマスク越しに言い放つ。

食器洗い用のビニール手袋をはめた手には、スプレー式の消毒液。

「ちょっと待ってよ。これ牛革……」

棒立ちになるタツジの前にしゃがみ込むカヨコに、タツジの声は届かない。病的とも思える勢いで、タツジが履いたままの革靴にスプレーを吹きかけ続けながら低い声でカヨコは言った。

「妊娠したのよ」

タツジにとっては初めて耳にした衝撃的な朗報だったが、返事をする隙すら与えられなかった。

「だからね、あなたは明日から」カヨコは間をあけることなく話し続ける。

「ビジネスホテルに泊まってもらえたらありがたい。ほら、わたしはここなら誰とも会わないから安全だから」

シュッ、シュッ、シュッ。スプレーの音が玄関に響いている。霧状になった消毒液が、靴から靴下、スーツのパンツへと上がってくるのをタツジは黙って感じている。下から上へと一心不乱に消毒を続けるカヨコは、たったの一度たりとも目線をタツジのほうに上げようとはしなかった。

☾

「これ、霧？　空気、やっぱ冷えるな。山梨ってオレ、初めて来たかも。富士山だから富士急なんだよな？　日が昇ったら見えるのかな。いや、ヤバイな普通に」

中央自動車道を降りてすぐ、タクシーは観覧車が大きく見える道へと出たのでそこで降りた。ガードレールに腰をもたせかけるようにして、キリとサイは暗闇に浮かびあがる巨大な遊園地を眺めている。

「観覧車もだけど、これだろ？　有名なやつ。今まで見たジェットコースターで一番デカイかも。えー、乗りてぇな。今度またやってる時こようぜ？　つか、タク代悪《わ》りぃな。ちゃんとオレ返すから」

「サイ、よく喋るね」

まるで子どもみたいに興奮しているサイを可愛く思ってキリは笑う。

「なんだよ、やめろよ」

いちいち照れる横顔も、女に不慣れな男の子みたいだ。そんなサイのアンバランスさが、キリには愛おしくてたまらない。

「営業してたとしても、どっちみち時間、間に合わなかったね」

「うん」

「でも、見てよ」

「うん、満月な」

観覧車を指しながら、キリはその奥に見える満月のことを言ったのだけど、それがそのままサイに伝わった。それだけのことが、キリにとってはどんなに大きな意味を持つことか。込み上げてきてしまった涙を、キリは慌ててこらえている。そしたら鼻の奥がツンとして、何故かその痛みはキリに相談サイトの中の女の人のことを思い出させた。

受精待ち。そう言っていたあの人は、この満ちた月の下で今、なにをしているのだろう。願いが、叶っていたらいい。そしてどうか、幸せに。

会ったこともない他人への願掛けをするように、キリは熱いまぶたをそっと閉じた。

「……コロナで、タイミングが悪かったな」

隣でサイの声がして、キリは目を開けた。

「ツイッターの炎上の話よ」

満月を見あげながら、サイが言った。いつの間にか、マスクを外して手に持っている。

「ああ。そうだね。てか、見てくれてるの知らなかった」

「いや、たまたま」

いつも見てくれていること、その一言でキリには伝わる。

「私、あれね、タイマーで日時を設定して自動投稿してるの。だから、きっともうすぐもっとタイミング悪いやつが投下されると思うんだよね、私の記憶が正しければ」

「止めないの？」

「それも考えたけど、どうして、数年前から決めていた作品の流れのほうを、後からやって来た世界の流れに合わせなきゃいけないの？　って思って」

「ああ、まぁそうだな。でもキリは、カッケェな。オレはさ、世の流れで決まる受け身の仕事っつーか。4月クールで一本だけ決まってたドラマ、なくなったんだよね。けっこう出番ある役だったんだよな」

「延期じゃなくて？　中止？」

吐く息とともに肩を落としながら、サイが頷く。

「……そっか、それは私も残念だな」

キリが言うと、サイは大きく息を吸い込みながら両腕をあげて伸びをして、

「ハァ〜、なんか、オレもあれっくらいデカくなりてぇな！」

キリは、サイの視線の先を追う。

「え？　観覧車？　フジヤマ？」

「どっちも。会場が閉まってても、ライトなんか当たってなくても、ハッキリ見えるじゃん。流れも動きも全部止まってても、その存在が勝手にこっちの心は動かすじゃん。迫ってくるもんがあるっつーか」

「サイは、でも、そういう人間だよ、もう既に。ただ生きているだけで私の心をイチイチ動かすし、これを言うのはシャクだけど、動かされちゃうのは私だけじゃないと思うよ」

「いやいや、それは買いかぶりすぎっしょ」

「本当だよ。人たらしっていうのかな？　あるよ魅力。だから向いてるよ、人の心を揺さぶる役者の仕事」

サイの横顔をチラチラと見ては、自分のほうを向いていないことに安堵しながら言ったのに、

「そっか。だといいな」

言いながらサイはキリの目をまっすぐ覗き込んだ。そして、

「ありがとうね、素直に」

「う……うん」ドギマギしながら、まさにこういうところだよってキリは思う。

「でも、キリもだよ。同じ。もし、オレにそれがあるんだとしたらだけど。読んだやつの心が揺さぶられたからだろ。だから炎上してんだろ。詩の内容でそこまで人を揺らせるって、それ、才能ある何よりの証拠じゃん」

「……」ズルいよね、こういうところも本当にって思いながらもキリは泣きそう。

「お前は強いね。オレなら、病むかも。知らないやつらにいっせいに攻撃されてさ」

「病むよ」

「そうなの？」

「病んでたよ」

「そっか。あ、病んでたから返事しなかったの？　いや、つーか、病んでる時にはオレを求めないんだな。ラインしろよ」

「しないよ。そりゃできないよ。当たり前だよそんなの」

「え？　そこ、カッコつけんの？」

「違うよ。てか、その返事に呆れる。カッコつけるタイプの自分だからでる答えだよね」

「……」

「もっと病むかもしれないからだよ」

「オレに返事したら、なんでもっと病むんだよ？」

「返事した瞬間から、こっちが待つ側になるからだよ。ただでさえ病んでる夜に、サイからの返事が、もし朝までにこなかったら、そんなの地獄の深夜になる」

「大袈裟だな。でも、ちょっと意外。お前もそういうこと考えるんだな」

「考えるとかじゃなくて、普通に好きなら自然にそうなる」

「……」たった一瞬の沈黙でも、キリにはサイが話題を変えようとしていることがわかってしまって、そうなる前から残念に思う。

「あ、例の詩だけどさ、炎上してるやつ」

ほらね、話題を戻してきた。なにも言わずに、キリは小さく傷ついた。

「あれってでも、3・11のことだろ？」

そう続けたサイの言葉は、キリにとっては意外だった。前編後編とセットで連続投稿した二つのツイートにはそれぞれ何百というリプライがついたが、東日本大震災のことだと言い当てていたものは一つもなかった。

「なんでわかったの？」「いや、わかるだろ、ふつうに地震って」「でも3・11とは特定できない……」

キリが作った重めの沈黙の中、サイがキリの目を見て切り出した。

「その日、なにがあった？」

「……」

「親いないとか、持ちビルとか、過去のこと話せよ。好きとか言うなら、ラインの返事一つ待つのが地獄とか、そこまで言うならお前も話せ。オレだって、気になるよお前のこと」

――はじまりは、足の裏から。靴を脱いで一歩踏み入れたそばから、毛並みの良い絨毯にその一歩が丸ごと包まれて。気づいたら私のそばに二人はいた。快適な住まいを永遠に約束する父親と、そんな空間美の中に焼きたてのクッキーの香りを運び込む母親。

グラッと足元が大きく揺れて。地響きだったのか、食器棚から降ってくる皿が割れてゆく音だったのか、とにかく世界が壊れるような耳鳴りの中にいて。とっさに鋭く願った、私は。全員死ね。ジワジワと粉々に滅びてしまえ。――最後の感情は、心の底から。

サイにはキリが黙り込んでしまったように見えていたが、キリは頭の中で、詩を一言一句思い出していた。心の中で、読み返していた。そしたらパッと、気づいてしまった。

「え、今、0時過ぎだけど。え、キリ、大丈夫？」

「サイ、今何時？」

身体の震えが止まらなくなり、呼吸の仕方がよくわからなくなった。だって、3・11——。今、この瞬間、私はサイと共に全く同じ日付の中にいる。

息ができない。マスクをとったほうが良いと思いながらも手が思うように動かない。偶然と思うには、出来すぎていて怖くなる。空気が吸えない。どんどん胸が苦しくなる。それなのに、いつどのタイミングでどのように空気を吸ったらいいのかわからない。その方法を忘れてしまって、苦しくなればなるほど焦ってしまって、思い出すことができない。

「え、大丈夫かよ？　息、吸えよ、ほら。おい、キリ！」

マスクを剝ぎ取られた。すぐ近くにサイが見える。でも、息が、できない。と、思ったら唾液が喉の奥の気管に入り、キリは盛大にむせ始めた。ゲホ、ゲホッ、ヴエオエッ。

キリの淡いピンク色のマスクを手に持ったサイが、しゃがみ込んで嘔吐するキリの背中をさすっている。咳き込むことで呼吸の仕方を思い出し、最終的には吐いたことで少しずつ落ち着きを取り戻してきた自分への安堵を、キリはぐったりしながらも感じている。

「焦った、死ぬ、かと……」

「大丈夫？　ほんと大丈夫？　オレちょっと水買ってくるわ。ここに座っていられる？」

気づいたら頭がサイの膝の上にあって、目を開けたことにすぐに気づいたサイが上から微笑みかけてきた。外はまだとても暗く、空気がキンと冷たくて、起き上がろうとしたら頭痛がした。

「大丈夫？　気分どう？」

「私、寝てた？」

ゆっくりと起き上がると、飲みかけのミネラルウォーターのボトルが目に入った。

「どっちかっていうと気失った感じで心配だったけど、スースー寝息立て始めたから、だからうん、途中からは寝てた」

吐いたことは覚えている。でも、水を飲んでから寝たようで、そのことにキリは少しホッとした。嘔吐した直後の息を、サイのすぐ近くで吐いていたかと思うだけで死にたい気持ちになったから。

「大丈夫？　ほんと、無理しないで」

水を飲んでいるキリに、サイは何度も言った。

「うん。ごめん。過呼吸、すごい久しぶりになった」

「あ、初めてじゃないんだ？」

「うん」

「いや、ごめんな。オレが追い詰めるようなこと聞いたからだよな。あ！　お前が寝てるあいだに、すげぇこと一個あったよ」

あ、とキリは思った。こういう時にも、相手のために話題をすぐに変えてくれるんだ。いつもは、自分にとってばつが悪い話題になると使う技だけど、私のためにも使ってくれるんだね。優しいところ、いっぱいあるよね。

「いや、すごいかどうかはわかんねぇけど」前置きしながら、サイはスマホの画面をラインに変える。

「お前の苗字にした。名前。つか、芸名。字画とか色々みるって言われてて、でもさっきラインでオッケーきて、ほら」

手渡されたサイのスマホを、キリは見る。トーク相手には「マネージャー新垣」と表示されていて、「大事な人からとった苗字だからオレは絶対にこれがいいです」と書かれたメッセージが一番に目に飛び込んでくる。

「これ、付き合うとかよりデカくね？」サイが言う。「字画が素晴らしい」とマネージャーがラインに書いている。

なら、もう、このまま、この名前を芸名じゃなくて本名にしてしまえばいいよ。入籍しよ。私の戸籍にいるのは私ただ一人だし、そこに入ってくれたらいい。ビルだってあげてもいい。いつも金ないって言ってるし、どうかな？　同じ部屋が嫌なら下の階に住めばいいよ。あなたにとっても悪い話じゃないと思う。

頭の中に思い浮かぶ言葉のまま、一気にそう言ってしまいたかったけれど、今のサイにとってのマックスで表してくれたロマンティックを私の現実論で汚したくはなかった。だから代わりに、

「いい名前すぎるね！」キリはつとめて明るい声を出してつづけた。

「売れちゃうね！　ここから一気に大ブレイクだね、寂しくなるなぁ」

「んだよ、やめろよ！」

歯を見せて大きく笑いながら、まんざらでもなさそうにサイが照れている。

どうしてだろう、サイと私のあいだの距離は、今この瞬間が最も近い気がした。直感のように、そう思ってしまった。今いるココは、すべてが揺れたあの日からピタリと9年後の世界で、二人の目の前には一ミリも動かない観覧車と巨大なジェットコースター。

運命的すぎるが故に、鋭い悲しみがキリを襲う。

今夜は満月。完璧なまでのフルムーン。あとは少しずつ、少しずつ、だけど確実に、私たちは欠けてゆく。「じゃ、帰るか」立ち上がったサイが、急に言う。

帰りのタクシーの運転手は、行きの人とはまるで違って物静かな若い女の人だった。腕に、新

人だということをしめす腕章をつけていたけれど、都内への戻り方を二人に聞くこともせずに黙ってナビを入れていた。

隣に座るサイとの距離が、行きの車内と比べたらずっと遠いことにキリは絶えず寂しさを感じている。疲れが出ているのだろう。一睡もしていないサイは、何度も大きなあくびをしながら窓枠に肘を置き、窓の外を眺めている。

空はまだ暗く、二人はまだギリギリ夜の中にいる。

「ディズニーじゃなくて富士急が真っ先に出るって、お前ってなかなか渋い女子だよな」

独り言のようにつぶやいたサイに、キリも反対側の窓の外を眺めながら「そうかなぁ」とぼんやり答えた。この角度からは満月は見えないが、小さな星がいくつも見える。このまま、もっと星が色濃く見えてくる世界へと逆走したいとキリは想像を膨らませる。

「観覧車あるの？　ディズニーランド。それもわからないくらい、私、好きじゃないし、行ったことないの」

ぼんやりと、田舎の夜空の下にサイと寝転ぶ自分を頭の中に描きながらキリは言う。

「あー、オレも子どもの頃に行ったくらいだから、わかんねぇな」

「でしょ？　だから。好きじゃない。ＣＭとかさ。幸せな家族が世界で最も尊いものみたいでさ、辛いんだよねぇ〜」

勝手に口から漏れてしまっていた。だってそんなこと、言うつもりじゃなかった。キリは耳に聞こえてきた自分の声に戸惑った。

「……オレ、じゃあもう絶対に出ないよ。いつかCMきても、億つまれても、ディズニーのCMは出ないわ！」

「え？」思ってもいなかった返しに、キリはサイのほうを見た。目が合って、真面目な顔をしたサイを見たらキリはとっさに吹き出してしまう。

「ウケる！　もう、なにを言いだすかと思ったら、ちょっとウケる。強気の姿勢超ウケる。いいよいいよ、出なさいってば！」

「え？　笑うとこ？　お前のためだけに出ないわ。いや、これはマジで！」

「え、小さな可愛い息子と手をつなぐ若いお父さん役？　蹴ってくれるの？　私のために？」

「おう。任せろ！」

どんなに疲れていても、どんなに眠くても、二人でいるといつだって突然こんなにも楽しい。そして、この時間を愛おしく思っているのは、自分だけではないこともキリはちゃんとわかっている。

「そっか。じゃあ、お言葉に甘えようかな。もしその頃、もう会ってなくても。連絡先もお互いわからなくっても、そんなCMオファーがディズニーからあったらそうしてよね！」

弾む声でキリが笑いながら伝えると、

「――わかった」

急に真顔になったサイが言う。

「約束するよ」

真剣な表情で、目を見てハッキリとそう言われて、キリはかつてないほどの寂しさを感じて打ちのめされる。

なに、それ。

こっちは半分くらい冗談で言ったわけだし、だからサイもいつもみたいに笑いながら否定してくれるとばかり思っていた。つーか会ってるだろって、その頃もきっとこうして一緒にいるだろって、いつものサイなら言いそうだったから。

どうして？

どうしてそうやっていつも、なんの悪気もなく私の心を破壊するの？　もう、苦しいよ、胸が。

どうしようもなく楽しかった瞬間の直後には、ほらね、私はドン底まで悲しくなっている。

「え？　なんで、泣くんだよ？」

サイは、照れ臭そうに笑いながらキリに聞いた。

絶対に勘違いをしている。私が嬉しくって泣いているって、大きな勘違いをして優しい笑みを頬に浮かべている。

「バカ！　バカ！　ほんとバカすぎる！　大ッ嫌い‼」

キリは泣きながら笑って、サイの胸を両手で思いっきり突いて押しのける。

「え、痛ッ。なんなん？　お前ってマジで意味不明！」

押された勢いでタクシーのドアに背中をつけたサイは、右腕を伸ばしてキリを自分へと引き寄せた。不意打ちに抱き寄せられて、フワッと舞ったキリの右手に、サイは左手の指を絡めてギュッとつなぐ。

「もうさぁ、大好きなんだよぉ、サイ」

ボロボロと涙を流しながらキリが言う。

「知ってるよ」

キリを突き刺すような目でサイが言う。

「なにその返し、最低だよ」

「なぁ。もう、喋るのやめようぜ？」

どちらからともなく顔を近づけ合う二人の隙間で、日が昇る。漆黒の夜空の上で満ちていた月が太陽によって刻々とかき消されてゆく、つかのまのグラデーション。

唇を重ね合う二人を乗せた車内は、白い朝の光に包まれはじめる。

Pandemic.

Chapter 6.

過去最大に炎上している

地獄のようなリプライ欄。

キリはスマホを伏せて、

サイとのキスをまた思い返す。

「萩原《はぎわら》くん、パンデミックの意味わかる？」

キッチン台にもたれかかるように立ちながら、マネージャーの新垣が新たな名前でオレを呼ぶ。新垣の手には今、うちにきて2缶目のアサヒスーパードライ。

「爆発的に感染者が増えるってことですよね？」

「そうね、今のコロナの状況ではそう。そもそもは世界的大流行って意味ね、萩原くん」

「あぁ、はい。つか、実感わかないっすね。萩原って呼ばれても。そもそも友達の苗字だから、なんか変な感じっすね」

キリのこと、友達って呼んでいる自分がいた。萩原はキリの苗字で、新垣に好きな苗字を聞かれて、好きな人の苗字を言ったらそのまま採用された。なんでも字画が最高だったらしい。あ、その時は、大事な人の苗字だって言ったような覚えがある。

友達。好きな人。大事な人。ぜんぶ嘘ではない。

「そうでしょう。だからです。萩原くんが慣れるように、あえて何度も何度も呼ぶようにしています、萩原くん」

「あ、そうなんすね。ちょっとしつこいっすけどね」

言いながらオレは吹き出したが、新垣は表情ひとつ変えることなく残りのビールを飲み干した。そして、当たり前のように空になったビール缶を後ろ手でキッチンシンクの中へと放り投げる。

アルミ缶がぶつかる音がする。

うちに来るたびに新垣は一人でビールを飲み続け、大量の空き缶をシンクの中に残していく。担当マネージャーになった当日も、オレを家まで送ったついでに祝いだと言って昼間だというのに飲んでいった。といっても、顔色一つ変えないし、酔ったようなそぶりを見せることもなく、真面目な態度はそのままだ。そこも含めて、新垣は変わっている。

「つか、実際、コロナそんなヤバいんすかね？」

「ヤバくなかったら、わざわざここまで打ち合わせに出向いてはいません。萩原くんは出歩かないほうがいいって先月からずっと言い続けてますよね？　ちゃんとステイホームしてる？」

「あぁ、まぁ。仕事もねぇし、どっちみち家にいるしかないんで」

「そこはご安心を」

「え？　あ、タバコ吸ってもいいですか？」

新垣は、自分の足元に置いてある大きな黒いバッグの中をガサゴソやりはじめる。シルバーのパソコンがそのまま突っ込んであるのが見える。オレはベッドに座ったまま、返事を待たずに手に持っていたタバコに火をつける。屈み込んだ新垣の白いシャツの隙間から、ベージュのブラジャーと胸の谷間がガッツリ見えた。

意外と、けっこうあるんだな。

「こちらです！」

バッグから次々と本を取り出して1冊ずつ床に置き、3冊並ぶと新垣がパッとこっちを向いた。

オレはばつが悪くなって、視線を泳がせる。キリならこういう時「今、胸見てたでしょ」って突っ込んでくるけど、新垣は無言でシャツの胸元を押さえながら「台本と資料です！」と強い口調で続けた。わざと平然さを装っているのがバレバレで、耳が赤くなっているように見えなくもなかった。色々と意外だった。

女なんだな、この人も。そう思った自分自身が一番想定外だったかもしれない。

「萩原くん、舞台はまだやったことないよね？」

「ないし、あまり好きじゃないです正直言うと」

どんな仕事がきたのかと期待した分、ガッカリした。正直言うと、舞台はむしろ嫌いだった。同じ芝居でも、舞台と映像はオレには別物に思えた。自然さが重視される映画やドラマの演技と違って、大袈裟な芝居。役者は舞台をやってこそ本格派である、というような風潮も気に食わなかった。誰が決めたんだよ。

「好きかどうかは聞いていません」

新垣がいつもの新垣に戻ってぴしゃりと言う。

「あぁ、はぁ」

めんどくさくなってきた。床に並べられた本を流し見る。台本と思われる本は薄いが、隣にある実際に起きた殺人事件についてのルポルタージュ本は厚く、もう一冊は小難しそうな加害者心理についての新書だった。舞台は、サスペンスかなんかなのか。なんだか大変そうだ。

「萩原くんが、主演です」

「……主演⁉」

やったことがなかった。今まで一度も。

「それに、話題になると思う。企画そのものが真新しいし、脚本、演出、須藤《すどう》ニシだから」

「マジで‼　え、嬉しいです。けど、なんでオレ？　てか、舞台って今できるんですか？　あ、コロナ落ち着いてから？」

「スピード感こそ命の案件で来月公開」

「え？　劇場閉館してません？」

「そう！　Zoomでやるオンライン舞台！　読み合わせもリハも本番も全部オンラインでつないでやる。だから萩原くん、忙しくなるよ」

「え⁉　本番も⁉　え？　あ、出演者全員が自宅から？」

確かに新しいけど、チープな仕上がりにならないか？　初主演作は大事にしたい気持ちもある。複雑な想いが胸を駆け巡る。

「萩原くん、とにかくプロット読んでみて。まだ脚本と呼べる段階にもなってないけど、内容はわかる。今、大急ぎで書いているみたいだから週明けにはくると思う」

新垣に薄い本を手渡される。ページをめくると「企画・脚本・演出　須藤ニシ」。黒いニット帽に色付き丸メガネの男前な顔がすぐ浮かぶ。テレビドラマで数々のヒットを出している売れっ子だが、劇団も主宰していて舞台にも定評がある。確かまだ30代。本人もバラエティ番組に出たり、深夜にラジオ番組をやったりしている有名人だ。作品もトークも、確かにいつも抜群に面白い。

須藤ニシがオレを主演にと思ってくれたのだとしたら、それは凄いことだった。

「読めばわかると思うけど、萩原くん絶対に好きだと思う。オンラインだからこそ成り立つストーリーになっていて、実際の舞台では出せない良さがある。視聴者との距離が生より近いっていうか、ＰＣ画面越しだからこそのリアリティが面白い。須藤くん、流石だわって唸ったもの」

「新垣さん、もしかして須藤さんと知り合いなんですか？」

「昔担当していたアーティストのＭＶが、須藤くんのデビュー作だったのよ」

なるほど。納得がいった。須藤ニシが、突然思いついたようにオレを主演に起用したいとは思わないよな。ガッカリしたと同時に、新垣の凄さを実感した。前任の柴田とはまるで違う。一番はオレを売り出すことへの熱の入り具合だが、経験と人脈も。

「新垣さんが、オレを推してくれたんですよね」

「えっとね、それが私の仕事です」

「あぁ、そうか」

大手音楽レーベルでアーティストマネージメントをしていた経歴はこの前聞いたけど、そっか、こうやって芸能事務所にきても過去の仕事での縁を今へとつなぐことができるのか。

「でも新垣さん、やっぱ凄いっすね」

心から言った。大人ってすげぇって、初めて思ったかもしれなかった。

「私はなにも。これは、萩原くんの実力よ。私にプッシュしたいと思わせるのも君の魅力なら、須藤くんが星の数ほどいる候補の中から君の起用を決めたのも間違いなく君の力」

「……」

うっかり泣きそうになってしまって、オレは自分の感情に戸惑った。初めてだった。こんなにも心強い味方ができたのは。ずっと一人で追ってきた夢だった。

――オンライン舞台。初の主演作。

不安は不思議と消えていた。業界に長く携わっている新垣が言うのだから、間違いない選択なのだろう。任せてみたい。そんなふうに他人の判断を信じられるのも初めてだった。熱いものが、胸にこみ上げる。

ここまでオレの心を揺さぶる新垣は、平然とした顔をしてまたビールを飲んでいる。何本飲むんだよ。なんなんだよ、この女は。自分よりも母親に年齢が近い女に魅力を感じたことなどなかったが、こんなにもオレに、しかも俳優としてのオレに熱を注いでくれる新垣は女としても愛おしく思えてくる。

困った。新垣を抱きしめたい衝動にかられる。が、なんとか抑え込む。新垣が女であることを唯一の理由に。これがもし同性の柴田だったら、オレは迷わず抱きついていた。

「……ありがとうございます」

なんとか声に出す。お礼なんて。涙が出そうだ。

「まだ早いですよ、ここからです」

「でもオレ、既にこんなの初めてだから。いや、マジで。柴田さんも親切にはしてくれましたけど、何て言うんだろう、こんなにオレが売れるって信じてくれた人、マジで初めてで。自分でも信じられなくなってたとこだったから、純粋にすげぇ、嬉しいです」

泣いていた。情けないけど、言いながらオレは泣いていた。

「涙も早い！　ここからですから。パンデミック。私、あなたを流行らせるから」

「それは、ちょっと不謹慎っす」

涙をぬぐい切って、オレは笑った。

「ああ、ごめんごめん」

新垣も笑う。ちょっと酔ってるのか？　こういうジョークを言うのも意外だった。

「あと、流行りってのもちょっと」

続けて笑いを取りに行く。オレは楽しかった。

今オレは、世界で一番有意義な時間を過ごしている。

「一度も流行らなかったスターっていますか？　ならば」

「まあ、確かにいないっすね」

「字画もね、仕事運が大大吉だったしね」

新垣も、楽しそうに笑う。薄い唇のわりには大きな前歯が、可愛く見える。

「萩原祭くん、絶対ブレイクするからまずは自分でそう信じてくださいね」

――――萩原祭。まつりと書いてサイと読むことになった。ただの名前、されど名前。この5年間使っていた芸名〝ＰＨＹ〟から必然的にオレは大きくガラッと印象を変える。

新垣が、オレを変える。

「このコロナでガラッと世界は変わるって言われているでしょ？　先に言っておく。世界そのものよりも、このコロナをきっかけにあなたの世界がまず大きく変わることになる」

「占い師かなんかなんですか、新垣さん」ってオレは茶化すように言ったけど、新垣の言葉は占

い師なんかよりも強い説得力が何故だかあって、オレは思わず、

「今、新垣さんのこと抱きしめたら怒ります？」

「……」

新垣の顔から笑いが消えた。と、思ったら顔面が一気に耳まで赤くなった。またそんな新垣の意外な一面を見たら、オレは強気になってきて、

「いや、なんか今、強く思って。もっと運命共同体になりたいなって、新垣さんと」

考えるよりも先に、オレは新垣を口説いていた。

☾

口説きたいのか、ステイホームで暇なのか、はたまた頭がおかしいからなのか、沼畑からの連絡頻度がエスカレートしている。

カミラは無視を決め込んでいたが、「カミラちゃんだけに回します。こちらの情報は取り扱い注意‼　今日中に食料は買っておいたほうがいいと思います」という文面が気になって沼畑のラインを開いてしまう。

「私の友人の信頼できる外食上場企業の社長からです。おはようございます。先程、確かな方から下記の情報が入りました。取り急ぎ共有させていただきます。民放各社にも連絡が入ったよう

で、今晩または明日の晩に安倍総理の緊急会見があり、4月1日からロックダウンをするという発表があるとのことです」

「……明後日。でも本当か？　確かな方って、なんだよ。確かな方が何故沼畑に連絡するんだよ。外食上場企業って、例えばどこなんだよ」

突っ込みどころ満載ではあったが、先週ついに東京オリンピックの開催延期が発表され、検査数そのものが少ないと疑問視されている中でも感染者数が日々増加している今の状況を考えると「ロックダウン」してもおかしくない雰囲気は確かにあった。

パンデミックが起きている都市を封鎖して、地方への感染拡大を防ぐというものだという説明も、ヒデッグからされたばかりだ。もちろん、ヒデッグはそれも陰謀の一つだと信じて疑わないのだが。

カミラが一つだけ実感を持ってわかるのは、東京はもう、どこもかしこも危ないということだった。

カミラが週に3回勤務しているクラブの黒服にも陽性反応がでて、先月の2月から店は休業している。昨日は、家から一番近いコンビニでも店員の感染が確認されたそうだ。ヒデッグがYahoo! ニュースのリンクを送ってくれた。

ロックダウン。怖さをはらむ聞き慣れない言葉が胸に重くのしかかる。カミラはいつものソファに座ったまま——ここ1ヶ月はこの上で生活しているとも言える——両手で髪をぐしゃぐしゃに掻きむしった。

これから、どうやって生きていこう。

これまでは、どんなピンチであっても逆境こそをチャンスにして上手くのし上がっていったカミラだったが、こんなにも思い詰めるのは初めてのことだった。いや、今までのピンチなんてピンチでもなかったのかもしれなかった。

金がこんなにも人を追い詰めるものなのだとは、知らなかった。

ヒデツグの私立中学の入学金と制服代で、貯金が減った。入学式が延期になることが決まっているが、それでも学費の支払いはすぐに始まるだろう。これからどう払っていけばいいのだ。学費と家賃だけで、残った貯金なんか3ヶ月で底をつく。

ヒデツグを妊娠した13年前から一度も滞ることなく振り込まれていた養育費の50万円が、2月末に途絶えたのだ。ヒデツグの父親は複数の不動産系の会社を経営しており、コロナ禍ですべての会社が即倒産したとは考えにくく、金のこともそうだが本人に何かあったのではないかと心配になった。

メールにも返信がないので10年以上ぶりに電話をかけてみたが、カミラが知っている携帯番号はつながらなくなっていた。知り合った時から既婚者で、今も家庭は維持しているだろうと思わ

はいらっしゃいますか？　安く、できれば無料で相談に乗ってくれる方を探しています」

トイレの床にしゃがみ込んだまま、カミラはラインを打ち込んだ。沼畑以外にも、いや沼畑よりもずっと優秀な弁護士を知っていそうな知り合いなら客の中にたくさんいたのに、何故か沼畑を頼っていた。

ただ単にその時カミラのライン画面の一番上にいたのが沼畑だったからなのかもしれないけど。

「何人か知っているよ!!　カミラちゃんの力になってくれそうな人を探すね!!　ちなみにどんな相談かな？　弁護士にも専門分野がそれぞれあるからね!!」

怖くなるほどのスピードで返信が飛んできた。カミラはひるむ。自分で頼んでおきながら、もう逃げたかった。沼畑からも。この案件からも。いや、今起きているすべての現実から。トイレの床から立ち上がる気力すらなかったカミラの逃避先は、スマホの中でラインのすぐ隣にあるツイッターアプリだった。

[君は今どんな女を抱いている?
ボクは今あんな男に抱かれている]
——@YukaKamiyaOfficial

この期に及んでバカキモい妹が、うざくてうざくてたまらない。叫び出したい気持ちを抑え込みながら、カミラは自分のギリギリまで短くなった爪を噛み続ける。


あまりの鋭い痛みに、萩原の背中に爪を立てる。どうしてこうなったのか、新垣は頭が回らなかった。酔っていたわけではない。ビールを飲み続けていたのは、男性と二人きりでいることが苦手だからだ。

「ヤベェ、締まる。きもちぃ」

痛い、と口に出そうなのを堪えている。あの男の子が、私の中に入っている。とてもじゃないけれど信じられないことが起きている。

新垣は、どうしたらいいのかわからなかった。とにかく、痛がっていることを相手に気づかれたくない一心で歯をくいしばった。そのためには痛みから意識をそらす必要があり、天井を見つめながら思い返す。

5年前だ。

萩原には、他の人が到底持ち得ない類の力を感じた。光と言い換えてもいい。所属レーベルの女性シンガーが主題歌を担当したテレビドラマ。出ていた萩原を初めて見た。カメラがすぐ目の前にあるはずなのに、若手の演者にはとても珍しい無意識過剰さが際立っていた。

そのドラマの中で萩原は、脇役ながらも重要な役を担っていた。ドラマの世界の中に存在しながらも、視聴者に話しかける役だった。実際にはカメラのレンズをただ見ているはずなのに、こちらを直接覗き込んでいるように見える独特の目つき。

今でも忘れられない。強烈に惹かれた。

名前を知ろうとクレジットを見ると、そこにはまさかの英字3文字。この名前は良くない。すぐに思った。

そこからずっと活動を追ってきた。初めて観たドラマが彼のデビュー作であることもわかった。すぐにでもブレイクできる素質があるのに、事務所がそのことに気づいていないのか、なかなか売れない。デビュー作の役が最も良かったというくらい、大した役に恵まれない。新垣はいつからか、自分の手で彼を売り出したいと考えるようになっていた。

ただ、それを好きだとか恋だとか、そんなふうに捉えたことは今の今まで一度もなかった。

新垣は、今年46歳になる。母子家庭の一人っ子。祖母が代々続く地主だったため、母親もシングルとはいえ働いたことがなく、今もずっと世田谷区にある持ち家に、母と二人で暮らしている。幼稚園から大学までは私立の女子校に通った。社会人になってからも男性とは縁遠い人生で、異性と二人きりになることに慣れるチャンスすらなく、恋愛や結婚などはとっくの昔に諦めていたことだった。

「カラダ、すげぇ柔らかい」

萩原が、乳房を揉みながら耳元で囁いてくる。自分ごととは到底思えなかった。新垣はただただ、サラリとした体液が自分の太ももを伝いはじめたことが気になって仕方がなかった。萩原に見られたくなかった。気づかれたくなかった。それは、血液かもしれなかった。


「シーツに血液がついていました」

ここのところ酷い悪阻《つわり》に悩まされているカヨコは、ベッドに横になったのだ。そこからの記憶はなく、目覚めた時は夕方で、シーツに血液がついていた。

「もちろん、下着にも。ただ寝ていただけなので、どこかにぶつけたとか、重い物を持ち上げたとか、そういうことは一切ないと言い切れます。ずっと家にいたので無理をしていたということもないです。出血してすぐにきました。赤ちゃんは大丈夫でしょうか?」

クリニックには、前回担当してくれた年配の産婦人科医は不在だった。カヨコは不安だった。目の前にいる若い男に赤ちゃんの命を託して良いのかも含めて、すべてが不安で仕方がなかった。生理用ナプキンをつけてここまできたが、あれから新たに出血したのかどうかを、医者と向かい合っている今も本当はすぐにトイレに行って確かめたいくらいだった。

まだ研修医の疑いがあるくらいに若く見える目の前の男は、黙ってカヨコのカルテを眺めている。

「二人目ですか？」

男は聞いた。カヨコは素手で心臓を殴られたような気持ちになる。

「あれ？ 違いますか？ 前回お答えいただいた問診票。出産経験のところにチェックされていますよね？」

「……。今の出血と、それは何か関係があるんですか？」

確かにそこにチェックを入れたのは自分だ。正確に書き込むことが母子の健康に関わると思ったから、少し考えてから正直に記入した。が、他人には決して触れられたくない話題だった。カヨコは怒り口調になっていた。

「38歳という年齢で、経産婦さんでいらっしゃる場合と初産でいらっしゃる場合とでは、出産では色々と」

年齢を出された時点で、カヨコはもう最後まで聞いていられなかった。流産の可能性なんか、今、最も聞きたくない。

「わかりました。はい。二人目です」

「……えっと、お一人目は何歳の時ですか？　その欄だけ空白になっていたので」

「……14歳です」

若い男が今、どんな顔で自分を見ているのかがわかる気がして、カヨコは目線を上げることができなかった。

☽

コロナの感染が拡大していることを、窓の外のスピーカーが知らせ始めたのでキリはスマホから目線を上げた。

ツイッターでは、今すぐにでも緊急事態宣言が出されるべきだ、もう遅いくらいだ、という怒りの声が先週からずっと渦巻いている。

明後日から東京がロックダウンされるという情報も多く目にしたが、チェーンメールのように出回っているその噂を否定するツイートを政府の公式アカウントが3分前に出していた。

緊急事態宣言でもロックダウンでも、必要であるならばなんでもすれば良い。キリはただ、サイに会いたかった。

あの幸せなキスの余韻のままに別れたきり会えていない。続きが欲しくてたまらなくなるようなキスだったのに、どうしてサイはそこで切り上げることができるのか。

キリのカラダはそこからずっと悶々と火照ったまま、もう3週間近くも部屋の中にロックダウンされている。その行為が濃厚接触になろうが、コロナに感染しようがどうでもいいからサイとセックスがしたくてたまらない。

「お前が一人で死ね。遺体も感染源となり周りに迷惑がかかるから、今すぐ油をかぶって火をつけてお前が勝手に一人で燃え尽きて死ね」

昨夜から、このようなツイッターのリプライが止まらない。想定内だったとはいえ、一人で家の中で読むと気分がどこまでも気分が滅入ってくる。投稿した文章は数年前に書いたものだから、誤解といえば誤解だけれど、本質的にいえば誤解でもないのかもしれない。だからこのような意見は、実は真っ当なものなのかもわからない。キリはもう、何が正しく何が悪いのかもよくわからなくなっていた。

「新型コロナウイルス感染の拡大が――――」

スピーカーからは、なんども同じセリフが繰り返されている。一切の感情を含むことなく、淡々と何かを読みあげているその口調が今日は特に不気味に思える。この女性の声は、誰のものなんだろう。区長だろうか。新宿区の区長の性別すら、知らないことに初めて気づく。

そういえば、キリに萩原という苗字をつけた市長の性別は男性だった。なんで萩原にしたのかも知らないが、彼の苗字ではなかったということは聞いている。知っていることといえばその2

点のみだ。顔も名前も知らない。

もし、彼がテレビでサイの活躍を知るような未来があるとして、まさか24年前に、親の身元がわからない女の赤ちゃんに自分がつけてやった苗字からその芸名がきているとは、夢にも思わないだろう。でも、もし目に入ってくれたなら、それはそれでなんだか素敵なことのようにも思えてくる。

キリにとっては、サイにまつわることだけが綺麗な色に見えるのだった。

紀李という名前は、気に入っている。由来は、中国の女優と聞いていた。が、どんなに調べてもそのような女優は出てこないので、信憑性には欠ける。名付け親でもある市長のことは、調べればすぐに名前くらいは出てくるだろうがネット検索してみたこともない。

過去を調べたいとは思わない。そんな行為はキリにとって、精神的自殺みたいなものだから。


——全員死んで、私だけが生き残ればいい。ここに生まれ落ちた瞬間から私は孤独な世界の住人で、自分と対話をすることで生き延びているだけだから、皆が生きていたって同じにも思える。でも、全員が死んだから仕方ないと割り切れるぶんだけそっちのほうが幸福だ。人類が消えた世界は、何色かしら。

過去最大に炎上している地獄のようなリプライ欄を、わざわざ数分おきに覗きに行くのも同じくらいの自殺行為。サイからの返信を待っている時間が長すぎて、ついつい見てしまうのだけど、殺される前に眠ろうか。

キリはオレンジ色のランプに明かりを灯す。スマホを伏せて、枕に顔を埋めて、サイとのキスをまた思い返す。

身体が眠りについて、意識も半分だけ落ちかかっているのが自分でわかる。レムスリープ。キリはこの状態が好きだった。書いている詩の半分以上がこの状態で思い浮かんだものだった。

サイだ。後ろ姿でもキリにはすぐにわかる。半分夢のようなこの場所でも、また会えて嬉しい。サイだ。あの歩き方。間違いない。あれは私の好きな人。コロナで人が消えた空っぽの渋谷を、一人ぼっちで歩くサイの後ろ姿がキリの脳裏に浮かんでいる。

どんな表情をしているのか見たいのに、どんなに近くまで追いかけてもキリはサイを追い越せない。だからいつまでも顔が見えない。振り返って欲しい。だから名前を呼びたいのに、声が出ない。疲れて足が重くなっていく。思うように歩くことができなくなって、どんどんサイの後ろ姿が小さくなっていく。

サイが、私から離れてく。

Confusion.

Chapter 7.

緊急事態宣言が発令されて、

2週間が経った。

いつもなら人がごった返す、昼過ぎの新宿南口。雲ひとつない空はどこまでも晴れていて、光が注がれた街は隅々まで平和に見える。

キリは不気味な気持ちにさせられた。いつもは人で隠れているアスファルトまでが、太陽を反射してキラキラしているのだ。

ウイルスは、目には見えないものなのだと思い知らされる。

キリはマスク越しに空気を深く吸い込んで、またマスク越しに細く息を吐き出した。

「今は、女とは会うなって言われてて」とサイに言われて、「女？」って私は聞き返したんだ。「誰に言われたの」って聞いたら「新しいマネージャー」だと言うから、「女なんて言葉を使うなんて下品じゃない？」って私は少しムキになった。

もうずっと会えていなくて。どうしても会いたくて。もう30分以上電話をしていたし、天気だって良かったし「どうせ話すなら今からそっちに行ってもいい？」って、断られる気がしていたけれど聞いたんだ。

「え、今？　いや、今はマズイっしょ。それに今は、女とは会うなって言われてて」

——東京に緊急事態宣言が出て、2週間になる。

人に会ってくれるなと国に言われている状態だけど、よくよく聞いてみればそれは接触者を普段の2～3割程度に抑えるようにとの通告で、どうやら世の恋人たちは会っているみたいだ。一緒に住んでいる恋人たちはもちろん一緒に家にいる。

会う人間を一人だけ選べと言われれば私は迷うことなくサイを選ぶ。サイとだけいられれば、もう一生他の人には会わなくってもいいし、ううん、会いたい人はもとからサイしかいないんだ。

それなのに――――私が下品だと言った相手のことを、

「いや、こんなに味方してくれた人は今までいないって思ってる」

サイは心のこもった声で言い切った。ショックで言葉がでなかった。

確かに、多くの人の仕事が中断しているような今なのに、いつもは暇そうなサイが最近とても忙しそうだ。オンライン舞台などというものの主演が決まったとかで、いや、例のマネージャーが決めてきたとかで、サイは日夜セリフの暗記に追われている。

だからきっと私はあの時、傷ついていないフリをして仕事の成功を願うセリフかなんかを言えればよかったんだけど、無理だった。

でもサイは、「新垣さんっていうんだけど、いい人だよ。キリのことも話したよ」って明るく話し出したから、私の苦しさにはきっと全く気づいていないのだ。

「なんて話したの？」って聞いたんだ。「萩原って苗字よ。オレの親友からとったたって言った！」

サイはまるで、そう言われたら私が喜ぶとでも思っているかのような話しぶりだった。

悪意も裏もない言葉に、つまりは彼の本音に、私はいったい何回傷つけられたら足りるんだろう。

「性別が女だから私には会えないけど、サイにとって私は女ではなく親友だってこと？」

きっと、足りないんだろうな。だからすぐ言い返す。ほとんど絶望しながらも私は低い声で聞いていた。

「え、何いきなり？」

「だって、そうじゃん。デートしたり、ずっとキスしたり、その相手を友達って呼ぶ人って基本的に信用ならないよね」

声に怒りが滲んだ。誰だって怒るでしょ私の立場だったら！　って思っていた。自分の感情の正しさには自信があったから、どこまでも追い詰めるような言い方をした。

そんな私にサイは言った。

「なんか、すげーフツウの女がいかにも言いそうなこと言うよね。昔はそんなフツウの女みたいなことは言わなかったよな」

――好きになったから、なんじゃないのかな？　人を好きな気持ちに、個性とか必要かな？　何もわかっちゃいないのは、あんたのほうね？

食らったんだろうな。だからもう言い返せなかった。だけど電話を切ってからは、ほとんど泣き出しそうな勢いで心の中で叫んでいた。

ねぇ、あの観覧車の夜はなんだったの？　あのキスをしたのが私たちが会った最後だよね？

あれはつい先月のことなのに、今はもうすっかり仕事に夢中で、新しいマネージャーとボニー&クライド気取り？　で？　私は？　セリフの暗記に行き詰まったときに気楽に電話する親友扱い？

なら、ハッキリ言ってよ。思わせぶりなんていう域を超えて、あんたは私のことが好きなのは確かでしょ？　え？　違うの？　もし違うなら、私はこの恋から降りたい。早く降ろしてよ。もう、苦しいんだよ。

足りない！　この関係には恋人という名前が足りないんだと思っていたけど、違ったのかもしれない。足りないのは、この恋を吹っ切るために必要なマイナス要素のほうだ。

あんなキスをして、私たちはあの満月の夜あんなにも心も身体も近くて。足りなすぎるんだよ！　キッパリと私を振るなり、ガツンと傷つけるなり、何なりしてくれよ。

こんなんなら早く頂戴よ、失恋を！

キリを家から飛び出させたのは、這い上がれないレベルの落胆からこみ上げてくる種類の苛立ちだった。家の中にはいられなくなって、だけど混乱しながらもキリはまず、メイクをした。だから一番は、サイに会いたい気持ちだったのかもしれない。

とても久しぶりに、駅のほうまで歩いてきた。目を閉じると光の残像なのか瞼の奥にチカチカと星が飛び、目を開けるとクラクラした。青く煌めく空に食い込む巨大なタカシマヤは暗く静まり返っている。LUMINEも伊勢丹もALTAもどこもかしこも、今は全館クローズされている。

緊急事態宣言が出る前は、手遅れになる前に東京をロックダウンすべきだという声がツイッター上に吹き荒れていたが、今は経済面での打撃のほうが深刻ではないかと心配する声があがっている。確かにここまで歩いてくる間にも、既に閉店を知らせる看板をいくつか見た。

キリのビルの1階にもバーのテナントが入っていて、閉められたドアには休業を知らせる紙が貼ってある。そういえば、バーのオーナーが今月分の賃料の免除を希望していると不動産会社の担当から相談の電話がかかってきたのは1時間前のことだ。

「あ、いいですよ」

簡単に答えたので担当者は面食らったようだったが、キリはちょうど頬にオレンジ色のチークを入れるところだったのでそれどころではなかったのだ。

キリは向かっている。足が勝手に動いてしまっているような感覚だ。タカシマヤに向かって角を右に曲がれば、明治通り。まっすぐに歩けばその先には原宿があって、次はサイのいる街、渋谷がくる。マスクの下に汗をかきながらキリはグングン歩いている。

恋は、外からは見えないウイルスみたいだ。

さっきすれ違ったサラリーマンだって、白いTシャツに細身の黒いパンツを合わせたフツウの20代の女が、まさか呼ばれてもいない、むしろ会うことを断られたばかりの男の家に押しかけるところだとは気づくまい。

☽

オーバーサイズの白いバンドTシャツに黒いミニスカート。ユウカはふとビーサンをひっかけた足を止め、スタバのガラスに映った自分の全身をジッと見た。

渋谷公会堂から駅へと下る坂の途中。足を止めたユウカに気づいたメガネが振り返る。

「なんか、晴れた午後に店内が真っ暗なスタバって違和感ある」

思ったままのことを口にしながらも、ユウカは自分のことしか見ていない。明暗のコントラストからか、ガラスには自分がクッキリと映っている。

「ボク、今日なんか可愛いな。マスクって盛れる」

「ユウカさんは、いつも素敵です」

せっかく可愛い今日なのだから、ユウカは今の自分をサイに見せたかった。ユウカは手に持っていたスマホを黙ってメガネに突き出した。

シャッターが連写で切られる音の中、ユウカはカメラに目線を向けて微笑んでから、今度はゆるやかに視線をわざと外していく。

メガネから受け取ったスマホのカメラロールをチェックしながら、ユウカはまたスタスタと坂を下り出す。たった今撮られたばかりの数十枚の写真の中から、ベストな一枚を探し出す。伏し目がちのこれ、可愛い。でも、目線があったほうがサイに届くような気もするから、やっぱりこっち。

選び終えたら、すぐにBeautyPlusのアプリへと移動する。自分の太ももをパパッと細く加工しながら、

「ねー、このTシャツのパンダってなんかのロゴ?」

いつの間にか自分の後ろにいたメガネに声だけ投げる。マスクをしているとはいえ、顔色もちょっと明るくする。

「電気グルーヴです。人間と動物Tシャツってやつで」

説明するメガネを聞き流しながらツイッターを開き、

「あ。それアップしないほうが良いですよ。今、無駄に外にいると炎上します!」

メガネの声とほぼ同時に投稿ボタンをタップした。

「別にどうでもいい。外野に向けてツイッターやってないから、ボクはもう」

［渋谷なう。借りたこのT
電気グルーヴのやつらしい］
――@YukaKamiyaOfficial

今ボクは渋谷にいて、男に借りたTシャツを着ていて、今日のボクが可愛いこと。その3点がサイに伝わってくれたらそれで良い。

昨日自分とヤッた女が、その足で他の男の家に行った事実が伝わることで、またシンクの中のビールの空き缶が増えていたサイと対等になれる気がした。

セフレから本命への昇格に必要な条件は、たったの一つだとユウカは思っている。それは、相手と自分とのあいだの温度差を相手に決して感じ取らせないこと。もちろん、それを実行できているとは言い難い状況であることはユウカもわかっている。

「もしかしてずっとオレに向けてつぶやいてんの？」

「ウケるマジでｗｗ」

「あ、暇ならうちくる？」

昨夜、3週間ぶりに届いたラインたったの3通で、ボクは渋谷へと向かっていたのだから。

「そろそろ限界だ。これは君に届いているのか」というボクの深夜のエアリプに反応したサイに昇天したボクは、ラインを返すことはせず、ただただ猛スピードで身支度を整えて、30分後にはアパートのインターフォンを押していた。

——対等どころか「忠誠心がウリの犬みたいだ」

「え、パンダのことですか？　あ、魚？　それとも僕のことですか？」

口からポロッとこぼれた言葉に隣のメガネが反応する。ユウカは黒目だけをメガネにダラリと向けた。

オーバーサイズのTシャツを着てもだらしない腹のラインを隠しきれない、マスクをしても一ミリも盛れない、冴えないいつものメガネがそこにいる。

「ボクだよ」「僕ですか」「いや、もうなんでもいい」

他の男の存在を匂わせたところで、実際はただのメガネ。でも良いのだ。そこまでの事情がサイに伝わるわけはない。

カミラに家を追い出されて、3週間。ユウカは千駄ヶ谷にあるメガネの部屋に身を寄せている。メガネはユウカと二人三脚状態でアイドルの仕事を手伝ってくれているが、彼の本業は別にある。

エンジニアと言われてもユウカにはよくわからなかったが、最近つくった情報共有系のウェブシステムが多くの会社に売れたらしく、

「ユウカさん一人くらいは養うことができます！」

荷物を持って家に転がり込んだ夜、メガネは何故か恥ずかしそうにモジモジしながらそう宣言した。が、先月のライブとチェキ会のキャンセルでできた赤字を背負うとは絶対に言わない。

尽くし型であることは間違いないメガネの〝その辺の線引き〟がユウカにはよくわからないのだが、「ファン」にそこまで甘える気はないユウカにとってもメガネの〝こだわり〟は心地よかった。

そもそも、有料ファンクラブをつくりたいとツイッターで言ったときに、有料会員がその場で決算までできるシステムをホームページ上につくりますとリプをくれたのがメガネだった。そして、そのときもユウカは「一ファン」の好意に甘えすぎることなくきちんとウェブの制作費を支払っていたしメガネもそれを求めてきた。その後は、イベントでの収益の3割をマネージャー料として毎回ユウカは支払っている。

「一ファンではなく一番のファン」を自負するメガネは、実際にその日以来ユウカの一番のサポーターだ。当然カラダの関係を持ったこともなければこれからもその予定はないのに、「いつまでだってうちにいていいし、飯も奢ります」と言ってくれている。

メガネに救われている。口にも態度にも出さないが、ユウカはメガネのことを心のどこかではこの世界唯一の親友だと思っている。

「あの、どこまで行くんですか？」

額に汗をダラダラかきながらメガネが聞く。

「好きな男んちの前まで行ったら帰るんだよ」

「……」

「着いたらグルリとまわって帰るだけ」

「……マスクが、暑くて、そこがまだ遠いならきついです」

「もうすぐそこだよ。てかさ、あのさ、メガネ」

手の中のスマホをいつまでも凝視しながら、ユウカは話しだす。

「ボク、たまに思うんだよ。本当に可愛い人ってさ、今日は可愛いとか思わないんだろうなって。だって毎日可愛いわけだ。たとえばカミラなんかも家にいるときに鏡も見やしない。それでも生まれつき可愛い顔はそのまま可愛いんだ」

ユウカのツイッターには緊急事態宣言を無視して不要不急の外出を非難するリプライがたくさんきているが、写真に対する「可愛い」の声だけに注目しながらユウカはどこまでも下に続いているリプ欄をスクロールしている。

「いや、ユウカさんも毎日可愛いです」

「それについても思うんだけどさ、自分のルックスに自信がないファンが、アイドルを可愛い可愛いって崇めるってなんなんだろう。似た者同士なんだよ結局。違う？　生きる上で可愛いことを重視しない人間が、アイドルを目指すわけがないし、可愛い可愛いって言われたい人間であるって時点で、本当は自分のことを可愛いと思っていないんだよ」

「……」

「矛盾っていうか、なんていうか、そこがたまらなくキモくて。同じ理由からカミラもボクたちのことをキモいキモいって言ってる気がする。ボクを含めて、ユウカンズって、自分は持っていない〝外見の可愛さ〟に全員で憧れまくる人間たちの集合体なんだ」

「……」

「あんただって、裏垢でよくヲタをバカにするなみたいなツイートしてるじゃん？　デブスって自虐しながらも他人は言うな、とかさ。スクールカースト上位のパリピを仮想敵に設定してるみたいな、敵意剝き出しツイートが止まらなくなってる深夜とかも、ザラにあるじゃん？

でもさ、じゃあ、なんで自分は〝可愛い可愛い〟って言いながらボクを推すんだよ？　結局、見た目にこだわってんじゃん、自分が一番」

「……でも、ユウカさんはパリピでもないしスクールカースト上位にいたタイプではないじゃないですか」

「あ、じゃあ、あれ？　自分と同じ場所に所属する中での可愛い子を選んで推すの？　同じ地区の代表みたいな感じで？」

「……まぁ、多少はあるかもしれません」

「なんかさ、でもさ、なんでそこでもまだ大事なのは〝可愛さ〟なの？　っていう。結局、見た目に誰よりも囚われてる人種ってうちらじゃんって思うんだよボクは」

「うちら……」

足を止めて、メガネはマスク越しに口を両手で押さえた。目が、潤んでいるように見える。

「なに？」

「ユウカさんが自分と同じところに僕たちを含めてくれた感じが、なんか、ちょっと今僕は感動しています」

「……。だから、そういうとこなんだよ。キモいのは。自分見てるみたいで、胸糞悪いの。いちいち自信がなさすぎなんだよ。そんなんでいいのかよ？　って、自分見てるみたいで吐きそうになるんだよ！」

「そ、それは、同族嫌悪ってやつですか？　光栄です」

「……キモッ」

ユウカは吐き捨てるように言いながら、親友を心底見下した。隣を歩く自分の一番のファンは、スタバのガラスよりもクッキリと自分自身を映していた。

ボクに対するメガネは、サイに対するボクとも少し似ている。見た目の可愛さに囚われながらも、実際はきっと目に見えないものに呪われているんだ。

そうとしか思えない。だって、自分よりもスクールカースト上位にいただろう男に「可愛い」と言われただけで、こんなにも好きになるだなんてどうかしている。

例えばやっぱりカミラだったら、絶対にサイにはなびかない。相手が芸能人だろうがなんだろうが、カミラは自分を雑に扱う男には一切なびかない。それも、カミラが意識してやっているわけではなく、心がけているわけでもなく、性癖レベルの自然な反応として〝自分を必要以上に見上げる男〟も〝見下す男〟もどちらも眼中に入らないみたいなのだ。

ボクには、そのどっちかしか、いつも周りにいないというのに。

どんな異性をどんなふうに好きになるかにこそ、個人差がでる。もっと言えば、個人が歩んできたそれぞれのコンプレックスの背景がモロにでる。

バカみたいに恋をしながらも自分のことを良くわかっているんだ、ボクは。人にあえてそう見せているだけで、実際は全くバカではないから。

☽

「バカでしょ、マジで、バカでしょこいつ」

いつものソファの上で、ユウカのツイートを見るなりカミラは吐き捨てた。40万人のフォロワーがいるアカウントで、今この時期に渋谷でブラブラしている他撮りをアップする意味……。10分前に投稿されたツイートには案の定、すでに批判が殺到していた。カミラは、合間合間に挟まる〝加工済みのユウカの写真に対するコメント〟を目に入れぬよう意識しながらリプライ欄を下へ下へとスクロールしている。

実の妹が赤の他人に叩かれている様に一種の癒しを感じている自分は、精神的にかなりヤバイ状態なのかもしれないとも思う。でも、今の私があいつに言いたいことを代弁してくれているようにまで感じている。

「八つ当たりするな！　ボクがあんたに何したって言うんだよ？」

「逆じゃね？　何したっていうか、何もしてないからじゃね？」

最後にユウカと電話で怒鳴りあった時の会話を思い出す。

「意味がわかんないし、そもそも、あんたはいつもボクをバカにしてるんだ。今に始まったわけじゃない！　いつもだよ、いつも。あんたはボクをサンドバッグにしてるんだ！」

「まぁ、サンドバッグになってたかもね。だって、もう何年も家賃も入れずに自分の部屋までもらって暮らしておいて、家事もしないし何もしない。それくらいしか役に立たないからじゃね？」

「そのわりにはヒデツグには何にも言わないよね。人生の中に残った唯一の男だから嫌われたくないんじゃないの？　哀れだよ」

「は？　男？　バカなの？　ヒデッグはね、子どもなの。わからないでしょうね、あんたには。子どもはね、親に家賃払ってもらっていていいの。普通なの。あんたは私の子どもじゃねーから」

「え、何？　お金ですか。今まで何も言わなかったのに、お金に困ったからっていきなり攻撃？　ボクだって色々大変なんだ！」

「はぁ？　あんたなんて、わけわかんないファンに貢いでもらってるだけじゃん、よく言うわ」

「ちょっと待って。あんたは金持ちの愛人で、愛人の子ども産んだから生活費まで養育費とセットでカバーされてるだけじゃないですか」

「……。ちょっと待ってよ。今までずっとそう思ってたの？　そう思ってヒデッグと接してたんだとしたら、殺してやりたいくらいなんだけど。つか、え？　そう思いながら自分もちゃっかり一緒に住んじゃって？　ヤバッ、本当にムカつくんだけど！　吐きそう！　マジであんたが嫌い。大嫌いだわ！　何様なの？　人の苦労も知らないで」

「苦労？　いいご身分だなっていつも思ってた、ボクは、あんたを見て。ソファから一歩も動かずにクソみたいなDQN色の毛布でゴロゴロしちゃってさ。まぁいいですよ、自分でそういう生活を手に入れたあんたは大したもんだと思う。じゃ！　コロナにビビって引きこもっていてくださいね。こっちは仕事しなきゃなんで！」

「二度と//」

捨てゼリフと共に通話を切ってやろうと思ったのに、「帰ってくるな」と言う前にユウカのほうから切られていた。発狂しそうなのに怒りに震えて声も出ず、こめかみの血管がヒクついたのが自分でわかった。スマホを壁に投げつけようかとも思ったが、客に買ってもらったばかりの新しい5Gであることと、買い替える金もないことを思い出して留まった。

その夜は、ユウカが一度帰ってきて荷物をまとめてまた出ていったことに気づいたが、寝たふりをした。一睡も眠れなかった。いつもならすぐに眠れるソファの上で、何度寝返りを打ってみても、身体の向きごと変えてみても、心地よい体勢を見つけられなかった。

疲れているのに眠れないことにも次第にイラついてきて、余計にユウカに言ってやりたいことが次から次へと頭の中を駆け巡った。

どうしてこんなに怒りが湧くのか、自分でも不思議なくらいだった。子どもの頃からとても可愛がってきたからこそ、アイドルを始めてからのユウカが気に食わない。うまく言語化できないからモヤモヤし続けているのかもしれないけど、自分に対する敵意のようなものを感じるのだ。妹が、実は幼い頃からずっと隠し持っていた姉への対抗心がアイドルというカタチで噴火しているように感じることすらある。

そもそも、カミラはアイドルという存在が苦手だった。不特定多数の人間から、もっと言えばモテなそうな人種の異性から、あまりにも「可愛い」と言われたがりすぎていて、カミラにはその心理がまず理解できない。眼中に入らぬ異性に褒められても、自分は全く嬉しくないからだ。客に容姿を褒められた程度で心から喜ぶホステスなど、いない気がする。

自分みたいな女になるんじゃないかと思って可愛がっていた年の離れた妹が、自分とは真逆のタイプの女へと成長していったことが気に入らないのだろうか。いや、違う。カミラは、それは違うと思いたかった。ヒデツグに自分の理想を押し付けようとは、思っていないはずだから。

きっと、ユウカが自立することなく自分勝手にやっていることに腹が立つのだ。散々世話になった姉のピンチを支えようともせずに、自分はファンを味方につけてキモいツイートを炸裂させている。そんなの、キレられて当然だ。

「こんな時にまで呑気な自称アイドルのクソが！」

目に入ったアンチコメントに、カミラは「いいね！」を押したくなっている。

「あ。この人だ。ユウカちゃんの！」

いつの間にかテレビの前に座っていたヒデツグの声に、スマホから顔を上げる。テレビ画面にはドラマが流れている。

「え、何？」

テレビを毛嫌いしているヒデッグが、わざわざこのドラマを観るためにテレビをつけたことに気づく。誰もが知っている30代のイケメン俳優がスーツ姿で映っている。

「え、この人、超有名じゃん。ユウカと何かあるわけないでしょ、え？」

「いや、この人じゃなくてさっき映った人。あ、この人！」「金髪の？　この子？」「そう」

カミラは身を乗り出してスカジャンを着たヤンキー役の子をマジマジと見る。

「知らない。誰？　え、めっちゃ若くない？　てか、これがユウカが気持ち悪いツイートしてる人？　なに、俳優？」

「うん。でもこれ、けっこう前のドラマの再放送だから、ユウカちゃんより何個か年上だと思うけど」

「なんで知ってるの？」「ユウカちゃんが言ってたから」「そんな話するの？　意外」

カミラは驚いてヒデッグの横顔を見つめる。「聞いてる？」という声も届かないくらい、真剣に見ている。テレビの中で、ユウカとどうやら関係があるらしいその若いヤンキーの男の子は、涙をボロボロ流して泣いていた。

「……演技、うまいね。テレビ出てるとこ初めて見た」

ＣＭに入ると、ヒデッグは感心した様子で言った。

「この人、なんて名前？　有名なの？」

「いや、そんなに。確か英語でサイ」

「なんで英語⁉」

カミラは持っていたスマホで素早く検索をかける。


――若手俳優PHYが萩原祭に改名。

須藤ニシ主宰〝オンライン舞台〟の主演に大抜擢！


Yahoo!ニュースのトピックがトップに出た。ユウカの相手として、とても意外だった。須藤ニシが主役に抜擢するほどの俳優……。しかも記事には実力派だと書いてある。所属事務所も、名前が広く知れている中堅クラス。

カミラは続けて、画像検索をかけた。

自分のタイプでは全くないが、女好きする顔だとは思った。涼しく爽やかな顔立ちをしている。鼻が高く、彫りは深いのに顔が全く濃くはない。きっと目だ。奥二重のスッキリした目をしている。でも〝塩顔〟というにはその目つきは鋭く、今までいたようでいなかった新しいタイプの顔だった。

「なんか、すごく今っぽいヒトだね」

「売れそうだよね」

即答したヒデツグに、またカミラは驚いた。芸能人とか売れるとか、その手の話題に興味をもたない子だと思っていた。

「でも、なんでこの人がユウカを？」そこが最も意外だった。カミラは「いやいや、ないない」と首を横にふりながら続ける。

「ユウカ、これ、付き合ってはないでしょ。片思い。それか勘違い」

「……ママさぁ、前から思ってたんだけど、ユウカちゃんのこと見下してるよね。でもそれって好きだからやってるよね」

「……何それ？」

「だってさ、昔っからだから。ユウカちゃんにかまって欲しくていつも厳しめのツッコミ入れて、でも毎回すべってる感じに見える」

「なにそれ、ウケる！」一ミリも笑うことなくカミラは言った。

「それが積み重なって、もう寂しすぎてキレちゃって追い出したんでしょ？」

ヒデツグは真顔で、カミラの目をジッと見た。

「……その視点、新しいってば」

カミラは苦笑して、ヒデツグから逃れるように視線をテレビのほうへと向けた。いつの間にかワイドショーになっていて、スタジオから海外駐在の女性記者へと中継が繋がったところだった。

「こちらニューヨークでは、ビル街に遺体安置用のテントが張られるところまで死者数が増え続けている現状です」

　声からも切羽詰まった様子が伝わり、カミラは思わず息をのむ。画面がスタジオにいるアナウンサーに切り替わり、今度はスタジオ内に設置された液晶画面に映る専門家の男性が紹介される。最近はコメンテーターも自宅からのリモート出演へと切り替わった。

「ご遺体からも感染リスクがあるわけですよね？」

　アナウンサーの質問に、カミラは思わず顔を覆った。あの人も、こんなふうに死んだのだろうか……。とっさに泣きたくなったが、ヒデツグの前だから我慢したかった。

「コロナに対してもそうだけど、ママは、極端なんだ」

　何も知らないヒデツグが、哀れな母親を慰めるような声を出す。

　あんたは何も知らない。生まれてすぐに死んだことになってるあんたの父親は、本当は2月にコロナで死んだ。この時期に肺炎をこじらせて急死って、きっとそうでしょう？

「ママは、イエスかノーか、敵か味方か！　みたいにすぐ判別して、敵だと思うとすぐカッとなるところがある」

　あんたは何も知らないんだよ。これからも言うつもりはないよ。そうやって事実から、ずっと私が守ってやるんだ。カミラの目からは涙が吹き出した。

「ほら、泣くほどママは、ユウカちゃんに味方になって欲しかったんだよ。でもちゃんと話し合ったりする前に、敵だと判断して傷ついてキレて追い出しちゃうんだ」

それだけではない。でも、確かに今こそ一緒に助け合いたいと思っていたのはあるかもしれない。「でも、」顔を覆っていた手をおろして、カミラはヒデッグをまっすぐに見た。

「ママは今、コロナで仕事がないでしょ？　家賃払わないとここって住めないでしょ？　ユウカは大人でしょ？　冷静に考えて、今までの感謝の気持ちも協力する姿勢も見せないって死ぬほど失礼だからね？」

ヒデッグが、下唇を悔しそうに噛んだ。子どもの頃からの癖だ。きっと自分がまだ子どもで稼ぐことができないことが悔しいのだ。ヒデッグは昔から優しい子なんだと思ったら、カミラはまた泣けてきた。

「だからって、すぐにユウカちゃんの部屋のものを勝手に捨てて、自分の部屋にすることはなくないか？　しかもママ、そこでいつも男と電話してるよね？」

あまりに意外だったヒデッグの言葉に、不意打ちで殴られたような衝撃を受けた。

「黙れ!!」

カミラは叫んでいた。ヒデッグに電話の声を聞かれていたかもしれないと考えただけで頭がおかしくなりそうだ。ユウカの部屋を自室にした理由なんて一つしかない。金を稼ぐためだ。カミラは、YouTube撮影用のカメラとライトをパソコンに設置して早々とアダルトチャットレディを始めていた。首下から太ももまでの水着姿を写した写真をプロフィールに、ニックネームは「みぃやん（26歳）」。誰だよそれ、と自分でツッコミをいれたくなるくらいだが、背に腹は代えられない。自宅にいながら素早くキャッシュを稼ぐ方法は自分にはこれしかないと思ったし、ヒデツグの学校関係者にバレることだけは同時に避けなければならなかった。

指名を得て課金通話にまで至れば顔も出すが、見るのはオンラインチャットユーザーの中でも自分の指名客のみ。Camira.Officialとして活動するYouTuberであることすら、バレることはまずないだろう。

ヒデツグが寝ている時間のみ稼働していたつもりだったのに、あんな声を聞かれていたなんて。今にも頭がおかしくなりそうだ。

ヒデツグは、私が男と夜な夜なテレフォンセックスをしていると思っているのだろう。どっちがマシなのかすら、カミラにはもうわからない。涙が引き、頭に血がのぼってくる。

「まだガキのくせに、でもって何も知らないくせに説教たれないで!!　金稼ぐって、大変なことなの！　自分ができることで何をどうマネタイズするか、誰もが必死なの!!」

言いながらユウカのことも頭をよぎった。あの子も、自分の得意を生かしてどうマネタイズするのか考えて上手くやったじゃないか。もっと、評価してあげても良かったのかもしれない。突然怒鳴られて面食らったような顔をしているヒデツグに背を向けてソファに深く座り直し、カミラはスマホを手にとった。

「ママ、スマホ変えた？　え⁇　５Gだけはダメだって言ったよね？」

「……なに？」

「危ないよ‼　何してんだよ‼　今すぐ捨てたほうがいい‼」

ヒデツグが後ろから力ずくでスマホを奪おうとしてきたので、カミラは力一杯はねのけた。

「５Gだけはダメだ……」

床に腰をついたヒデツグが、目に涙をためて悲痛な声を出す。

「電磁波が出ていて、身体に影響が出て、コロナと似たような症状になるんだよ」

何を言っているんだ、この子は……。

目の前の男の子を、自分の息子を、唯一この人生に残った愛する男を、カミラは見失う。あのヒトは死んで、妹も出ていった。気づかないうちに、一つずつ歯車が狂っていった。

「前にも話したよね？　コロナも全部やつらに仕組まれたことだって。黒幕はビル・ゲイツなんだって、話したよね？」

優秀な息子を私からかっさらっていく陰謀説とやらが、カミラは憎くて仕方がない。真っ白になりそうな頭で、手の中の5Gをカミラは見つめた。

電磁波でジワジワと？　バカか！　なんなら、この手の中で今すぐに爆発しろよ。焼死したほうがマシだわ、アホか！　苛立ちながらツイッターを開くと、ユウカのアカウントが炎上している。

『テメェ誰の妹に言ってんだ。文句あんならこっちにこいよ‼』

真っ先に目に入ったアンチコメントに公式RTしてそう書き込むと、カミラはスマホを反対側の壁に思いっきり投げつけた。


「ッ！」サイは思わず、声をあげそうになった。

舞台の長ゼリフを頭に叩き込み、暗記中に吸いすぎたタバコをまた買い足しにマンションの外に出たところだった。

サスペンスの世界に入り込みすぎて、おかしくなった頭が幻想を見せているんじゃないかと疑った。

オレは一番最初に死ぬ役で、それなのに犯人はオレなのだ。今、目にしている世界も同じくらい何が何だかわからない。揃いも揃って、白いトップスに黒いボトムス。どうして二人は、ユニットでも組んだかのような服を着て同時にここに現れるんだ。

知らない男を脇に引き連れたユウカがフラフラと目の前を歩いていて、その1メートル後ろには、ペットボトルを膝のあいだに挟んで道の端っこにしゃがみ込んでいるキリがいる。

「どうしたんですか？　髪、ボサボサですよ」

ニヤニヤしながら近寄ってきたのはユウカで、ほぼ同時に、オレの目が合ったのは奥にしゃがんでいるキリとだった。

「あれからボクはよく眠れました。君との運動は、激しいから」

きちんとキリにまで届くような声で、ユウカはそう言ってから笑い出す。

BREAK!

Chapter 8.

女って、なんなんだ。

すぐに愛が欲しいと叫び出す

究極のエゴイスト。

女の「好き」ってなんなんだ。

その一瞬は本気《マジ》なんだよ。

そこが一番怖ぇんだ。

空を仰ぐように首をかしげて、回れ右。追い詰められたサイがとった行動は、それだった。ユウカとキリに背を向けて、サイは歩き出す。足早に、グングン進む。つまりは二人からどんどん離れる。が、二人の視線が背中にどこまでも張り付いてくる気がしている。タバコを買いに行こうとしていたコンビニとは逆方向だったが、仕方がない。真昼間のホテル街を246に向けて急ぎ足で突き抜ける。早く角を曲がりたい。そしてそのまま、二人の視界から消え去りたい。

無言で逃げた自分の行動に引きながらも、呼んでもいないのに家の前にいた二人にはもっと引いた。気まずさどうこうより、単純に嫌気がさしてくる。

女って、なんなんだ。

すぐに愛が欲しいと叫び出す究極のエゴイスト。

女の「好き」ってなんなんだ。

その一瞬は本気《マジ》なんだよ。そこが一番怖ぇんだ。

その時は真剣なのにいずれ必ず冷めるんだ。で、ケロッと次の男に向けて、同じエネルギーを発射し始めては、またいちいち愛し合おうと必死になる。滑稽だよな。コメディアンかよ。いや、その喩《たと》えはチャップリンにもジム・キャリーにも失礼だな。

恋に脳を侵された女は、単純にただのバカに見える。

ユウカは想定内だとして、キリにはがっかりだ。オレだって好きだった。好きだったよ。けどなんか、エゴばっかり押し付けてくるようになったら、他の女と同じに思えた。いや、だからだよ。こうなるから付き合いたくなんかなかったし、付き合わなかったら付き合わなかったでこのザマだ。

長い目で見たら全く信用できねぇんだ。女の「惚れた腫れたの感情」なんて。流動的で一時的な熱病だろ。で、それが一時的に自分に当てられたところで、経歴にも残らねぇし、女が去った後には手元に何が残るってんだ。傷？　人間不信的な？　いるかよ、そんなもん。

サイはふと、暗記したばかりのセリフを思い出そうと試みた。が、ダメだった。最初の言葉すら出てこない。さっきの衝撃で吹き飛んだのだと思ったら、叫び出したいような気持ちになった。

ウゼェ。あまりにもウゼェ。女、邪魔すぎる。


——やっぱり、新垣さんの言うとおりだな。

新垣からは今朝も電話があったが、ヤッたからって行動に女をにじませてきたりはしない。それどころか、今後オレが売れることを見越した上で「事務所との契約形態を見直したほうがいい」という金にまつわるアドバイスが電話の要件だった。

今までのオレは給料制で、仕事があってもなくても月に20万円を給料としてもらっていた。「来月からは歩合に変えるべき」だと言うので、オレは新垣を信じることにした。どうやら今、新垣はオレのCMを決めるために走り回ってくれているらしいのだ。

有難い。そこまで自分のことを考えてくれる他人には、今まで出会ったことがなかったようにサイは思う。

「コロナが萩原くんにとっての追い風になっている気がしてならないです。オンライン舞台もネットで今すごい話題になっていて。それって、新ドラマの撮影が中断せざるを得なくなったことで再放送されているドラマに萩原くんが出てることが大きいんですよね……。不思議な追い風を感じます」

冷静な声で、新垣はそう言った。確かに、突然再放送されることが決まったドラマはサイにとってのデビュー作で、しかも唯一と呼べるほど出番の多いものだった。

予期していなかった大きなチャンスが訪れていることを、サイも肌で感じ始めていた。成功したい。何者かになりたい。オレを信じてくれる新垣の期待に応えたい。変な話、女なんか成功した後からいくらでも付いてくる。

まずはセリフだ！　女に動揺させられて忘れている暇なんかないのだった。もっと言えば、女から逃げるために246にまできている時間も。何をやっているんだ、オレは！　今すぐ帰って一言一句頭に叩き込め！

うおぉぉぉぉぉぉぉぉ。我に返ったサイは叫びながらまた、回れ右。きたばかりの道を全速力でダッシュバック！　漫画みたいなことをしている自覚はある。今のオレはアホみたいだ。滑稽でしかない、と走りながら思う。でも、別にそんなのどうでもよかった。自分のプライベートに興味が失せた。オレは仕事で成功したい！

「サイ？」

まだ家の前に座っていたのは、キリだった。すぐに帰ったユウカのほうが、まだマシかもしれないと一瞬思いながらもサイはキリのほうには目線も向けず、全速力でキリの前を通り過ぎる。

この先にあるコンビニでタバコを買うのだ。そしたらすぐにまた家には戻るが、キリに関しては無視を貫く。

またもやキリの視線を背中に感じながら、でも今度は勢いよく走りながらサイはふと思う。

――「PHY？」

さっき、キリにそう呼ばれた気がした。過去の名前で、呼ばれたように聞こえた。

今のオレはもう、次のステージへと進んでいる。もう二度と現れないようなチャンスが目の前までできているのだ。だからまずは必ず、摑んでみせる。キリにだって邪魔はさせない。心に強く、誓うようにサイは思った。

☽

わたしはこの子を育ててみせる。年齢的にも、これはもう最後のチャンスかもしれないのだ。だからまずは必ず、産んでみせる。子どもの父親であるタツジにさえも、邪魔をさせてはならない。カヨコは、自分自身に改めて誓った。

ビジネスホテルに滞在中のタツジから、業務がリモートワークになったから家に帰りたいという内容の長文ラインが入っている。午前中に届いたもので、今はもう日が暮れ始めている。画面を長押しすることで既読をつけることなく、ラインが届いてすぐに読んだ。が、返信をしたくないのでそのまま今に至っている。答えは決まっているからだ。

この数週間、カヨコは一日をベッドの上で過ごしている。医者からは、初期の流産は避けられるようなものでもない場合が多いから普通の生活をしていて良い、みたいな話をされたような気もするがカヨコは言われたそばから聞かなかったことにした。コメンテーターの仕事も初めて断って、絶対安静を自分自身に課している。

するとどうだ。しばらく続いていた少量の出血がおさまったのだ。何かがあってからでは遅いし、誰も命の責任など取れやしない。ならば、自分の手でこの子を守るしかないし、今度こそは必ず自分の手で育てたい。

カヨコの意志は鉄よりも固く、これからはリモートになったとはいえ、今の今まで外部接触があったタツジを家の中に入れることなど選択肢の中にも入っていない。そして何より、妊婦である妻を自分がコロナに感染させてしまうかもしれないというリスクを全く理解していないタツジには、夫として、を超えて人間として失望している。

もし自分がタツジの立場なら、お腹の子どもが大切であればあるほど今は近づかないようにするからだ。

離れて暮らし始めて一ヶ月以上経ったが「会いたい」という気持ちには全くならないし、そもそも、家にタツジがいないほうがずっと楽だということにも気づいてしまった。在宅勤務になるということは、一日に3食もタツジの食事の準備をしなければならないということだ。

同居してから初めての週末に、衝撃を受けた光景がある。昼過ぎに、タツジは何も言わずにダイニングテーブルの前に座っていたのだ。まるで、エサを待つ犬かのように。そこにいることを合図に飯が出てくると思い込んだアホみたいに。だけどその姿は人間の男だから、その時のタツジはカヨコの目には〝亭主関白〟にも映った。

どこかとてもバカっぽいのにひどく偉そうで、印象は最悪だった。

返信をする気にならないまま、カヨコが横になっているベッド脇のカーテンの奥で日が暮れた。スマホが光った。午前中のラインに既読をつける前に、タツジからまた新たなラインが入った。

「僕がいなくてもカヨコは寂しくないの？　結婚するっていうのに、ましてや子どもが産まれるっていうのに、僕はカヨコに愛されていないように感じます。別にカヨコの了解がなくてもそこは僕の家でもあるし、今日は帰ろうと思うけどまた玄関で消毒されるかもしれないと思うだけで気が滅入るので。とりあえずあと数時間はまだ会社にいるので、それまでに返信してね。待っています」

画面を長押しにして読んでいたが、込み上げてきた怒りに手が滑るようにして既読をつけてしまった。が、そんなこともうどうでもいい。

お前の寂しさ。お前の愛されているかどうかの実感。お前の恋愛脳が抱く不安。今のわたしには、それらが今の宇宙で最もどうでもいい。

守るべきものがある人間にとって、惚れた腫れたの修羅場こそが何よりも邪魔なのに、トラブルの主催者はいつだってそこに愛を訴える。

教えてくれますか、じゃあ逆に。それのどこにエゴから離れた他者への思いやりがあるのかを。

恋だの愛だのを振りかざしながらも、所詮はただの〝かまってちゃん〟。

この人は、人生に目的を持っていないから心が暇なのか？　そこまで疑うレベルにある。それが自分の子どもの父親だなんて、とカヨコは心底うんざりする。我が子の安全こそが何よりの共通目的にはならないものか？

ダメだ。やめよう。すぐにカヨコは頭を振って、自分の思考を脳からふるい落とす。感情を乱されることも含めて、今は自分のすべてが我が子の安全に関わるのだ。

「あなたにはいつもとても感謝しています」

カヨコは素早く返事を打ち込んだ。本心だ。妊娠できたことはほとんど奇跡なのだ。こればかりはどうもがいたって一人では成し遂げることはできなかった。タツジにはこの件に関しては本当に感謝している。

「でも今は、親としてこの子の安全を第一に考えましょう。自宅には戻らないでください。あなたのいう〝愛〟が本当にあなたの中にあるのなら、この意味をわかってくれると信じています」

一気に続きを打ち込んでラインを送ると、カヨコはスマホの電源を落とし、代わりにサイドテーブルのライトを点けた。いつの間にか暗くなっていた部屋が、優しい灯りに照らされる。

カヨコはふと思い出す。丸いアイコンの中で光る、オレンジ色のランプシェイド。

そういえばあの子も、恋をしていた。そしてわたしはあの子にも、自分自身はそのような恋はしたことがないと返事をした。でも今は、それに近い想いを胸いっぱいに抱いている。お腹の中の赤ちゃんに。

だけどこれは、初めての感情ではないように思う。あの頃も、14歳だったあのときも、わたしはどうしてもお腹の中の赤ちゃんを守りたかった。だから、守った。これだけは言える。わたしは命を守り抜いた。

ただ、胸に抱くことも許されぬままに、わたしの実の母親の手によって引き離されてしまった。今まではずっと、意識的に封印してきた過去だった。でも妊娠してから、思い出さない日は一日もない。否、感情が揺さぶられてしまうので考えないようにしているというのに、一日に何度も繰り返し思い出してしまう。

ちっぽけな地方都市で政治家として生きる父を持った不幸。わたしが生まれ育った家族は、世間体こそ命だった。中絶できない週数まで妊娠を隠し通したわたしの顔面に、父親は容赦《ようしゃ》なく拳をふるった。

あの時の父の目が忘れられない。殺人鬼。人を殺す人間はあんな目をするのだろう。血がつながっていようがいまいが、他人の命なんてどうでもよくなるくらいの巨大なエゴ。14歳にして妊娠した娘を、自分の手で流産させようとしているようにわたしには見えた。

そんな父を殺したいと思った、わたしも。自分の手で殺してお腹の中の赤ちゃんを守ろうと思った。その場で狂ったような悲鳴をあげて泣き崩れたのは、母だった。

「私がなんとかしますから。私がなんとかしますから」

壊れたレコードみたいに、母は何度も何度も同じセリフを繰り返していた。その夜の記憶は、悪夢そのもの。

そしてその言葉どおり、母親は娘の不祥事を「なんとかした」。家の離れに助産師を呼んで、わたしはそこで出産させられた。難産で失神したと聞いている。目が覚めた時、赤ちゃんはもういなかった。母が殺したのだと思い込んだわたしは、狂ったように包丁を母に向けたらしい。「らしい」というのは出産後の記憶がわたしの中ではすべてぼんやりしているからだ。

でも、母から聞いた言葉は覚えている。

「養子に出した」と。「この家で育てられるよりその子は幸せになれるから安心して忘れなさい」と。そしてその赤ちゃんは「女の子だった」と。

カヨコはまだ丸くもなっていない腹をさすりながら、すすり泣いている。両親には妊娠の報告はしていない。安定期に入ってからしようとは思うが、未婚のまま妊娠したことを強調する予定でいる。タツジと籍を入れずに妊活したのも、一つは両親に対するカヨコなりの復讐なのだった。

二つ目にして一番の理由は、確実に妊娠できる相手と結婚したかったから。結婚してから妊娠できないことがわかったら、時間を大幅にロスすることになってしまう。否、カヨコの年齢からして、そうなったらもう諦めざるを得ないだろう。

世間体なんてクソを喰らえと思いながらも、自分自身も一度は父親と同じ政治家の道に入った。

そこで年齢を食ってしまった。が、後悔はない。「女に政治はできない」という父の口癖を、父親より偉いとされる肩書きを得たことで覆してやれたのだから。たったの一度の当選だったが、それ以来父はわたしの目を見られなくなった。その点においては、政治家から売れないテレビのコメンテーターに職を移した今も〝最高の気分〟が続いている。

「負けず嫌いで可愛げがない」

子どもの頃から父親によく言われてきたが、それはどう考えても父親譲りの性格だった。母親なんて、すべて夫のいいなりで、負けっぱなしの人生を地で行くマゾヒストなのだから。父親も最悪だが、母親にはもっと似たくない。

子どもを産んですぐに手放した母親であるという十字架を背負いながらも、カヨコはどうしてももう一度子どもを産みたいと願ってきた。

そういうところを含めて、自分は大嫌いな父親と似ている部分があるように思う。父親もまた、実の兄である長男だけを溺愛する両親への復讐に生きている節があった。

「僕はカヨコに愛されていないように感じます」タツジからのラインを思い出し、カヨコは頬に残った涙の筋を素手で拭いた。感傷的だった気持ちが、まるで嘘みたいに一気に乾いていくのを感じている。

今更、そんなこと言われてもって感じなのだ。そもそもわたしは他人の愛し方など知らないのだ。相談アプリを覗き込むたびに、自分の中にはない感情が他人にはあることを知った。男性も女性も、10代も50代も、誰もが誰かと愛し愛されたがっているように見えた。

自分の中にもかつてはあったのかもしれないそのような欲求は、我が子を取り上げられた14歳のときに、両親によって木っ端微塵に破壊されたのだと思う。

誰かと愛し愛されたがっている他人をうらやましくも思ったが、相談アプリを通してそんな彼らにアドバイスを書き込むたびに、常に他人に対して冷静でいられる自分で良かったと思えるようにもなってきた。また、他人の悩みを日々覗かせてもらえるその場所は学びにもつながった。男性が、妻となる女性に何を求めているのか、その馬鹿みたいにシンプルな方程式が自然と頭の中にインストールされていった。

だからカヨコは、男性が求める完璧な妻をタツジの前で演じた。優しい言葉を使い、家の中を常に綺麗に保ち、タツジが好きな料理を作り、セックスを拒んだことも一度もない。タツジは絵に描いたような平均的な男性だ。すぐに自分が愛されていると思い込んで、カヨコに落ちた。

先々月の40歳の誕生日には、サプライズでロレックスの時計までプレゼントした。その時計を腕に巻きつけながら、自分よりも高学歴でメディアにも出ている高嶺の花のような存在のカヨコが、どうしてただのサラリーマンである自分なんかを選んで愛してくれたんだろう、とタツジは感激しながら言っていたが、実際は逆なのだ。愛していないからこそ、完璧を演じることが苦ではなかったのだと思う。

自分の心の内や過去の傷を打ち明けたいと思ったことがないのはもちろん、相手のことをもっと知りたいとも思わない。タツジはカヨコの人生の目的を果たしてくれそうな相手だったから一緒になった。基本的にはすべてをカヨコの望みに合わせられる性格も含めて、彼の条件は素晴らしかった。最初から、それ以上でもそれ以下でもない。

そしてその結果として、この世界で唯一愛する存在が、今自分の中に宿っている。タツジを選んだことは、やはり正解であり、成功だった。いや、大成功と言ってもいい。

自分の腹を両腕でそっと抱きしめたカヨコは、幸福感に包み込まれた。このまま未婚で一人で育てるのもアリだ、とカヨコは妄想する。シングルマザーという娘の新たな肩書きに、悶え苦しむ両親の顔を思い浮かべるだけで、

「フフフフッ!!」カヨコは大声を出して笑っていた。

☾

「因果応報……」キリはドン底まで落ち込んだところで立ち止まり、ため息をつくように呟いた。

まるで自分など存在していないかのようにサイにこっぴどく無視されたのは、自分がツイッターで読者の人たちを無視し続けているからなのかもしれない。誹謗中傷は別として、昔から感想

を送り続けてくれている人は大勢いて、中にはキリがアイコンと名前を覚えているアカウントも沢山ある。

最近の大炎上に対する心配のリプライも届いていて、アンチに反対意見をしてフォローしてくれたことで、キリの代わりに厄介なアカウントに絡まれてしまっている人も少なくなかった。でもキリは、すべてを見て見ぬ振りをして先日ついにツイッターのアプリをスマホから消したのだった。

だからかもしれない。サイに見て見ぬ振りをされたのは。

——そういうふうに考えることでしか、キリはもう自分を保てなかった。

このまま好きでいるのは苦しすぎるから、いっそのことキッパリとした失恋をもらいたいとまで今朝は思っていたくせに、それに限りなく近いものを実際に食らうと、今度は現実逃避し始めるものらしい。

そんなふうに自己分析しながらも、頭がどこかボーッとしている。自分のことなのに、自分のことととして受け止めることができない。涙も出ない。

気づけばすっかりあたりは暗く、渋谷駅を背にしてスクランブル交差点の前に立っていた。サイの家から、ここまで歩いた記憶はどっかに飛んでいる。

いつもなら、信号が青になるたびに人が大きな波のように交差点を埋め尽くす時間帯なのに、信号を渡り始めた人間を数えてみたら、たったの5人。キリは立ち止まったまま、目線を上げる。大型ビジョンには「新型コロナウイルス感染症」という文字が映し出されていて「3密を避けましょう」という声がガランとした空間にグワンと響いている。

国からの警告がここまで侵食してきているというよりは、街から人が消えたので他の広告が入らないのかもしれない。グルリとまわりを見渡すと、109にも広告が貼られていないことに気づいてキリはハッとした。109の巨大なポスターは常に〝渋谷の顔〟をつくっていた。そして今初めて、そこはノッペラボウなのだった。

もう、このまま世界は終わるのだろうか？

今すぐに終わってくれても構わないような気もしたし、最後に無視されたまま世界ごと完全終了するのはやり切れないという思いもあった。

どちらにしても、私にとっての軸はサイでしかなくて。そのことに気づいてしまえば、改めてその事実が虚しかった。「エンプティ」。そんな題の詩を書いたことがある。「空っぽ」。まさに今の自分をそう感じる。この皮膚の下は空洞なんじゃないかってくらいに私の中には自分がいない。この中はすべて、サイで埋め尽くされてしまったみたいだ。

「昔はそんなフツウの女みたいなことは言わなかったよな」「そうだね」

サイに少し前に言われたセリフを頭に流し、今それに返事をする形でキリは脳内会話を始める。

「きっと、あれだね。ひどくつまらない人間になったよね、私。君に恋をして、そうなっちゃったみたいなんだよ。別に、君のせいにしているつもりはないけど、これは実感としては事実で、だからそこも含めて今の私ってウザイよね。でも、自分じゃ止められないんだよね。潜伏期間を経て発症した時には既に手遅れな〝ウイルス〟みたいで。一度体内へと入り込んだら、どんどんエネルギーを吸い取って肥大してゆく〝寄生虫〟みたいでもあって。嗚呼、だから〝恋〟ってものはどこまでも気色悪い」

頭の中でまでサイに話しかけながら、その過程でキリは一人で納得する。

恋をした人間は、気持ち悪い行動をしてしまうのだ。今日の私なんか、その最たる例。で、結果として私のプライドは粉々に砕け散った。

「どうしたんですか？　髪、ボサボサですよ」

鼻にかかったようなハスキーな声が意外だった。

どんなヒトなんだろうって、今まで何度となく想像してきたけれど、その声とは似つかわしくない可愛い系のルックスもサイの相手としてとても意外だった。

昨日サイとセックスをしたことをあからさまに匂わせてきたあの子は、ミニスカートから細くて白い脚を突き出した、なんとも男好きしそうな若い女の子だったけど。キリが想像していたのは、もう少しは知性が匂うタイプというか、大人というか、わからないけど。

とにかくキリが魅力を感じるような同性ではなかったし、他の女を抱くとしても、サイにはもう少しマシな女がいることを矛盾しているようだけど期待していた。

冴えない年上の男をボディガードのように引き連れて、蛍光イエローのペディキュアにドンキで売ってそうなビーサンをひっかけて歩くような、これ見よがしにセックスしていることを私にアピールしてくるような、そんな女がサイを「君」と呼び自分のことを「ボク」と呼んだ。いろんな違和感で、頭がおかしくなりそうだった。

「あれからボクはよく眠れました。君との運動は、激しいから」

キリは頭を掻きむしりたいくらいの気持ちになったが、その程度のあがきで消えるわけがない記憶なのだ。あの私に対する敵対心剝き出しのイヤな空気も含めて、あの子の存在は脳にシッカリと刻み込まれてしまった。サイが私とはもうできなくなったセックスを他の女としていることが、遂に現実としてリアルな輪郭を持ってしまった。

私とは好きだからセックスできなくて、あの子のことは好きじゃないからできるんだ。ずっとそう思ってきたけれど、サイはあの子と私をまとめて無視したのだ。私のことだって好きじゃない。プライドなんてものはもう粉々で、でも今からでもそれらを掻き集めて一気に燃やして死にたくなる。

気づけば目の前の信号は、また青になっている。今度は7人が交差点をスタバ側へと渡り出す。

こっちに向かって歩いてくるのは4人。11人全員がマスクをつけている。大型ビジョンには女性アナウンサーが映っていて、「緊急事態宣言」のテロップが出ている。

「不要不急の外出は控えるようにしてください」

スクランブル交差点を渡っている人間は、何の用事で今ここにいるのだろうか。私は、どうして今ここにいるのだろうか。

「すみません、インタビューをお願いしてもよろしいですか?」

突然、後ろから声をかけられてキリは肩をビクッとさせる。

「え?」

振り返ると、30代前半くらいの化粧をシッカリした女性が手にマイクを持っていて、そのすぐ後ろにはテレビカメラと思われる機材を担いだ年配の男性が立っている。

女性はどこか誇らしげな口調で有名な局名を言ってから、ニュース番組らしき名を続け「渋谷には、何をしにきたんですか?」

承諾もしていないのに、カメラが勝手に回されている。キリは反射的に自分の顔を手で覆ってから、二人の間を抜けるようにして明治通りの方に向かって走り出した。空にうっすらと、細い月が白く浮かんでいる。色鉛筆で、頼りなくスケッチされたような月だった。

いつかの満月の夜、私とサイは確かに愛し合っていた。

できることならば、もう一度、サイと出会い直したい。自分が何か別の行動を起こすことで未来を変えたいとかじゃない。

私はただ、サイとの楽しかった時間をもう一度、全く同じような流れでいいから、リピートしたい。

きっと幸せだ。溶けるかもしれない。

ここまで好きになった今だからこそ、ここまでは好きではなかったあの頃に戻って、サイとキスの先のこともいっぱいしてみたい。過去にはしていたことだから。今はもう、できないことみたいだけど。

「渋谷に、失恋をもらいにきたんです」

さっき、もし私が正直にそう答えていたら、どんな顔をされただろう。私にとっては他のどんなことよりも緊急を要する用事だった。

「でも、ハッキリと失恋する理由までもらったのに、まだ諦められそうになくて困っていて」

頭の中で、さっきの女性にキリは話しかける。

私はサイのことがほんとうに好きなのだった。理由なんか、もうわからない。嫌いなところなら、次から次へと頭に浮かぶ。

あの奇抜な色のペディキュアを塗った変な女。そんな安っぽい女を抱いているサイ。約束せずにきたからって、存在を丸ごと無視するなんて人として最低だ。自己中。結局自分のことしか考えていない。気分屋。なにが「デートしようぜ」だ。思いつきのまま行動しやがって。持続力がない。別のことに夢中になった瞬間、私の優先順位なんてものは急下降。また暇になって私を思い出したら、突然強引なくらいの勢いで近づいてくる。愛がない。そう、サイの行動には愛がない。あるのはいつだって、自分への愛だけなのだ。だからなのだ。自分の目的をサポートしてくれる人間だけを味方だと思い込む。結局のところ、自分に都合の良い人間をその都度利用して生きているただのクソ野郎。顔だって別に、好きだからかっこよく見えるだけで好みのタイプというわけではない。テレビに出ている人間を、特別視するタイプでも私はない。

なんでそんなに好きなんだよ、じゃあ？　何度考えてみても、よくわからない。でも、好きなところがわからないのに好きって「本物だ」と思っている私はやっぱり重症だ。

あ、涙が出てきた。

明治通りに出たところでキリは立ち止まり、頬に流れた涙に触れてみる。

良かった。今夜、まだ私はここに生きている。

☽

一夜にして、運命が変わることってある。あまりの幸運に、サイは身震いした。

２０２０年だって言ってみればまさにそれだ。予期していなかったことが突然起きて、ガラリと生活が変わる。コロナ禍によって世界中の多くの人が失業することになると言われている。未だかつてないレベルの不景気が襲ってくるのは、これからになるらしい。

そんな中、何故か自分の身には反対のことが起きた。

2月、新垣の登場。3月、昔出たドラマの再放送。4月、オンライン舞台の大ヒット。パズルのピースが次から次へとハマりすぎて怖いくらいだったが、予期せぬレベルのピークが6月にやってきた。

今、緊急事態宣言が解除されて一週間後の6月1日。

スクランブル交差点の大型ビジョンでは、広告が消えた渋谷を歩くサイの後ろ姿の映像が再生されている。１０９の巨大ポスターには、黒いマスクをしてカメラをまっすぐに見つめるサイのどアップ。英語で書かれたキャッチコピーが、モノトーンのサイの顔面をより鋭いものに見せている。

『BREAK THE OLD,
SURVIVE THE NEW WORLD』

コロナによって変化する新しい世界のニューフェイスとして、渋谷をジャックする大々的なアパレルブランドのプロモーションにサイが抜擢された。コマーシャル映像は、地上波のキー局すべてで放送中。新垣が、企画から携わったと聞いている。

人は、時間をあけることなく3つの異なる場所で特定の名前や顔を目にした時、その人物を記憶するといわれている。

——萩原祭は、こうして一気に全国区へと、その知名度を上げることとなる。

New Moon Missing.

Chapter 9.

君は地上波、ボクは地下だ。

見下ろしてください時には。

見えますか？

ボクは、ずっとここから君を見上げてる。

「渋谷には何をしにきたんですか？」

「……ボクに話してます？」

「あ、はい」

「……ボクは、推しを崇めにきた」

「オシ？　ですか」

「誰かがボクを推すように、ボクだって誰かを推すんだ」

「は、はい？」

「そんな感じでこの世は回っていたりもする」


地上波の19時のニュースでは通りすがりの一般人扱いだったユウカだが、ネットでの知名度は本人が自覚していた以上に高かった。

6月19日、もうすぐ20日。一日中降り続いた雨が止み始めた、金曜深夜。

番組放送中、神谷ユウカの名前はツイッターでトレンドワード入り。出演シーンはすぐに切り取られてYouTubeに次々とアップされた。それはたったの5時間前のことだが、10万回再生を突破した動画まで出てきている。

「それは不要不急の外出に当てはまることだとご自身ではお思いですか？」

「……似てる」

「何がですか？」

「そうやって誰かを敵にしないといられないってのとも似てるって、今思った」

「えっと、もう少し詳しく」

「別にあなたに話しているわけじゃない。ボクの独り言」

「何と似ているんですか？」

「誰かを崇めたいって気持ちだよ、バァカ」


ユウカがハニカミながら「バァカ」と言って歩き去る横顔は、ファンの手で5秒程度のGIFにも加工された。「若者をコロナの仮想敵にするマスゴミに対する女神の呟き」という文章とともにツイートされたそれも、やはり10万「いいね！」を超え、今もまだ勢いよくリツイートされ続けている。

当のユウカはメガネと共にメガネの部屋で、パソコンに張り付いてツイッターを眺めている。

「自粛警察のやつらが誹謗中傷してくるのは想定内として。いやぁ、凄いなぁ。一夜にして、何がどうなるか、わからないものですね」

隣でメガネが言う。ＰＣ画面に前のめりになっている猫背な姿勢からも、声からも興奮がダダ漏れている。

アンチコメントも沢山きているが、フォロワーも既に３０００人以上増えている。

「まぁ、そうだけど、こんなのは別に一瞬のバズだ」

そんなことよりも凄いのは、とユウカは口にはせずに心の中で思っていた。

そんなことよりも凄いのは、サイとの縁の強さだとユウカは今思っている。

２ヶ月前に街頭インタビューされたことなどすっかり忘れていたが、その日のことなら毎日何百回と思い出している。

最後にサイに会った日だからだ。

そして、今夜のタイミングでユウカの映像が流れたのは、番組の特集とユウカが象徴するもの、つまりは〝コロナの感染拡大を助長している自己中な若者たち〟とが一致したからで、この特集が組まれた理由は一つ。

今朝、歌舞伎町のホストクラブでの新たなクラスターが発表されたから。そしてそのホストクラブこそ、サイと出会った夜にユウカが４９０万円を支払わされた店だった。

「ここまで偶然が重なるって、絶対に何かあるんだ。運命みたいなもの……」

ユウカは、思わず声に出して言っていた。

「偶然というか、運に近いですよね、これはもう」と、ユウカの言葉の意味を理解できるわけがないメガネが「神谷ユウカ」でツイッター検索をかけながらつぶやき返す。

自分にまつわるツイートがズラリと画面を埋めている。

「神谷ユウカがいるの渋谷じゃんwなに歌舞伎町のホス狂仕立てにしてんだよ。悪意ありすぎｗｗ」「いや、神谷ユウカてホス狂。歌舞伎町では有名だからｗｗ」

「神谷ユウカ初めて知ったけど、よくぞ言ってくれた感ある。若者と夜の街をメディア総出で勝手に仮想敵に設定してんじゃねぇよ」

「街頭で声をかけられた時点で即座に番組の趣旨まで見越して反論してる地下アイドル賢すぎて草ｗｗｗ」

「てかこれ番組側は神谷ユウカを知らなくて一般人だと思って取材してんのに、モザイクはしなくていいの？」

確かに、ユウカのインタビュー映像には「4月某日、緊急事態宣言中に行われた街頭インタビュー」というテロップをわざわざ出しながらも、場所が渋谷であることは記されていなかった。ユウカの「バァカ」の直後にはもう、歌舞伎町の区役所通りが映し出されていて、ユウカの「推し」と言う言葉がそのままホストへとつながるかのような編集のされ方だった。

緊急事態宣言が解除されてから、都知事は警戒するべき場所として「夜の街」を連呼する。重症化しにくいと言われている若者たちの身勝手な行動が、諸悪の根源であるような印象をメディアは植え付ける。もともとそこに違和感を覚えて怒っていた人々が盛り上がっているだけだと、ユウカは冷静に理解している。

「まぁ、ボク自身はこの盛り上がりと直接の関係はない」

ユウカが冷めた声を出すと、

「いや、完全にバズってますよ。フォロワーもまた500人くらい増えてます!」

メガネは、メガネをかけた目を画面ギリギリに近づけたまま続ける。

「なにか宣伝するなら今ですけど、どうします？　福袋のURL貼ります？」

ユウカは即座に首を横に振る。メガネが言っている意味はわかる。今まで作ったファングッズの売れ残りをエコバッグに詰め込んだものを、「福袋」として100個作ったばかりだった。一袋、一万円。今なら即完売するかもしれないし、確かに金は必要だった。

「え、なにも告知しない人いませんよ⁉　これ、ガチャ引いた時みたいなラッキータイムで長く持続はしないから」

それもわかっている。ツイッターの拡散力はスピードが強み。一瞬でどこまでも広がるが、その分誰もが一瞬で忘れ去る。1週間前にバズったツイートなど、誰の記憶にも残らない。

「いや、いい」

それでもユウカは、投げやりに首を横に振った。

「ボクはツイッターをもうそういうふうには使っていない」

そう言いながらもパソコンの前に張り付くメガネに割り入るようにして、ユウカはキーボードに文字を打ち込み始めた。

［君は地上波、ボクは地下だ。見下ろしてください時には。見えますか？　ボクは、ずっとここから君を見上げてる］
——@YukaKamiyaOfficial

願掛けのような気持ちだった。即金１００万円をなげうってでも打ち込んだサイへのエアリプ。届くだろうか。読んでくれるだろうか。もう、ここを見にきてもいないのだろうか。

家の前まで行って一瞬顔を見たあの日——ちょうどこのインタビューを受けた日以降、サイからの連絡は一切ない。無視されたまま、ユウカの〝もう一人の女〟に対する当てつけも虚しくそのまま放置されている。

その間に、サイ改め萩原祭は俳優として突然のブレイクを果たした。

テレビＣＭに映る姿を見るたび、サイの存在をユウカは遠く感じる。もうこのまま連絡が来ることはないのかもしれないし、もしかしたらもうサイの中ではこの関係は終わっているのかもしれないけど、「それはサイ側の話だ」とユウカは心の中で強く思う。

むしろ、これから。サイが売れてくれたことで、ユウカがここまで育ててきた〝隠し球〟は勝手にその威力を何十倍にも増してくれたのだから。

「家いる」「こない?」「今どこ?」「あと何分くらい?」「眠い」

最後に会った夜――インタビューされた日の前夜に届いた5つのメッセージを最後に静まり返っているラインのサイとのトーク画面を、ユウカは思い出す。サイからのすべてのメッセージは、一言一句暗記している。

最初のメッセージは、歌舞伎町で会った夜。

元俳優でスカウトをしている知り合いの男に連絡したらそこにいると言われて、〝支払い〟帰りに一人で行った10人くらいの飲み会だった。

その夜、ユウカは〝清算〟した直後だった。文字どおり、半年のあいだにできていた490万円にもおよぶツケを、店にキャッシュで返した帰りだった。ホストクラブ以外でルイとの唯一の共通の知り合いだったそのスカウトに、ルイの新しい連絡先を聞きたかったからそこまで出向いた。

ルイ32世。フザけた源氏名をつけられた男だった。自分でつけたわけじゃない、と照れ笑いする横顔に惹かれたのが最初だった。サイと出会ったその夜まで、ユウカが入れ込んでいた32歳のホスト、ルイ。

最初は誰よりも優しく、朝から晩までラインをくれた。アフターでホテルに行ったこともあるが手は出してこず、飲まされすぎて勃たなくなっちゃったと照れ笑いする横顔は切なかった。それが理由ではなかったことを、ユウカは半年後に知らされることになったのだが当時は信じていた。可哀想で、愛おしさすら感じていた。

32歳だというのに、誰かの弟みたいなキャラで生き続けている子どもっぽい男だった。主体性がなく、地に足がついていない感じがした。フワフワしていた。親はいないと話してくれた時も、その横顔から悲しそうな雰囲気は微塵も感じなかった。人に恵まれて生きてきたと嬉しそうに語る無邪気さが大好きだった。ルイは、子どもの頃から悪い先輩に可愛がられることで生きてきたのだと思った。

そして、それは合っていた。最後は、ユウカの前からルイが消え、代わりに彼の〝悪い先輩〟がでてきた。ツケを回収できないルイに代わって、古株のホストから連絡が来るようになった。狂わされるかと思うほどに追い込まれた。暴力的な言葉での金の催促もそうだけど、もう店には来ないことがわかると「ルイはお前なんかもともと好きじゃない」という精神的なイジメが始まった。送られてきたラインのスクリーンショットの中で、ルイは先輩にユウカのことを「可愛くない」と言っていた。

「ブスじゃないけど、可愛くない。抱くのはキツイっす」これがルイの言葉。先輩はそれに対して「つかまんこ臭そうｗｗｗ」と返していて、ルイは大爆笑スタンプを送り返していた。

ホスト遊びの果てに死んじゃう女の子が出るのが、よくわかった。払えない金額を請求され続けることで精神的に追い込まれると同時に、女としての自尊心もえぐられるほど傷つけられる流れが、とてもよくわかった。と、同時にユウカは、他人事のようにそう思っている自分に気づいた。

自覚していた以上に自分は強く、そのメンタルのタフさは姉のカミラにソックリだと自分のことを初めて思えた。

正直、ボッタクられた感しかない金額だから払いたくなかったがファンから集めた金なら手元にあったし、支払いを済ませたら先輩からの連絡は止んだ。それに、一日中ルイのことばかり考えている半年間を過ごしてきたにもかかわらず、ユウカはルイの連絡先を聞きに出向いたその先で、ルイのことなど存在丸ごとスッカリ忘れたのだ。

「地下アイドルってどんなことすんの？」

向かいに座っていた、帽子を目深《まぶか》に被った男がサイだった。大河ドラマのオーディションを受けてきたと隣にいた役者仲間に話していたから、彼もまた俳優であることはわかっていた。

ボクはその時、４９０万をキャッシュで払うことができた自分に対する妙な自信があった。散々傷つけられたような気もするけど、最終的にはクソホストを札束で殴り返すことで黙らせてやったくらいの気持ちでいたのだ。

だから、自分の仕事について聞かれて、いつも以上に誇りを持って堂々と説明した気がする。

そしたら、俳優の男は自分が下手に出た。ボクのアイドルのやり方のほうが今の時代に合っていて、自分はダサいと。それはとても意外な反応だった。好感を持った。ルイもそうだったから。

ユウカは、自分を卑下してみせながら相手を立てるようなことを言う男に弱いのだ。

「かわいいですよ、君は」

自分はダサいと笑ってみせた男にそう返しながらも、心が緩んだ自分に対して警戒した。ルイにも裏があったように、この男だってボクから金を引き出そうとしているだけに違いない。

「え、かわいいってお前だけには言われたくねぇよ」

「……見下しています？　ボクのこと」

「ちげぇよ。全然チゲぇよ。可愛い、と言えばお前だからだよ」

「……」

――落ちてしまった、その瞬間に。

「オレ、サイ。ライン教えてよ」

サイからの最初のメッセージは、ライン交換をした途端に飛んできた。

「抜け出さない？」

ユウカは、返事を打ち込む代わりにジャケットを羽織り、テーブルに千円札を2枚置いて立ち上がった。引き止められることもなく店を出て、エレベーターの前で待っていると数分後にサイが抜けてきた。

「どこ行く？　歌う？」

ラインには残っていないけど、忘れない。サイはボクにそう聞いた。そしてサイは、ボクに1円たりとも出させることなく、ボクとセックスをしてくれた。

ボクたちはあの夜から、どちらからともなく自然に一緒に歌いはじめたんだ。今もまだ、その歌は止んでいない。むしろその音は、さらに大きくなってユウカの耳に聞こえはじめている。

あれ？　音？　でも、うん。そうだ。途中からはもう、歌っているのはすでにボクらではないのかもしれない。

だって、ルイがいるあの店でコロナのクラスターが発生し、それをきっかけにしてサイの家から帰る途中の自分の姿がニュースに出た。サイが突然ブレイクしたと思ったら、今度は自分のツイッターまでがバズり出す。

この流れを、偶然だとは思えないし、これはボクらの意思というものを超えている。点と点とが勝手に線になっていく不思議な感覚の中で、ユウカはサイとの関係に対する妙な自信をつけていた。

運が、自分のほうに回ってきている。そう感じた。ユウカにとって、あのホストクラブでクラスターが発生したことも最高なニュースでしかなかった。名前すら思い出したくもないあの鬼畜な先輩が、コロナで苦しみ抜いた果てに死ぬことを心から願う。ルイに関しては、コロナになろうが死のうが生きていようがどっちでもいいと思えるほどにすでに興味がなかった。

ユウカはサイとの出会いに、運命を感じ始めている。

☽

遂に運が尽きたのかもしれない、とカミラは天井を見つめながら思っている。

思い返せばここまで、どんなにピンチな時もチャンスの波が勝手に向こう側からやってきたように思う。自分は、ほんと上手いことやってきたなぁと人生を振り返って思っている。

て、死ぬの？　私。

そんなふうにツッコミを入れてみても、頭の中ですらいつもみたいに笑えない。

もう2週間以上、ソファから起き上がる気力がわかない日々が続いている。トイレに行くために立ち上がることすら、泣きそうになるくらいめんどくさくて、尿道にチューブを入れることで寝たきりでいさせてくれる病院に今すぐ入院させてほしいと思うくらい。

付けっ放しにしているテレビに、またユウカの恋愛相手の俳優が映っている。最近しつこいくらいによく流れているアパレルブランドのＣＭで、最初に見たときに社名を調べたら5分もかかることなくよく知っている名前に行き当たった。

「――BREAK THE OLD,」

萩原祭の顔面にかかるように映し出された文字に、カミラはげんなりする。

カッコつけちゃって、よく言うわ。

アンダーグラウンドで集めた金をオーバーグラウンド化させることこそ、昔からよくあるやり方。古いモデルを壊す新しさなどどこにも見当たらないのに、今の時代の変化をリアルタイムで謳うかのようにコロナまで利用しちゃって、よく言うわ。

このアパレル事業がうまくいくのかどうかは知らないが、やり手といえばそうなのだろう。取締役としてネットに書かれていた名前は、カミラが昔働いていたキャバクラの社長のものだった。10年以上前だが、愛人にならないかとしつこかった男だ。

上手く逃れたつもりだったが、それでも怖い思いを何度かさせられた。暴力こそ振るわれなかったが、拉致監禁に近いことをされたこともある。カタギの人間ではない。大阪を中心にキャバクラやホストクラブを１００店舗経営していて、腐るほど金を持っていた。

「SURVIVE THE NEW WORLD」

NEW？　だから、何が新しいんだよ？

サバイブしてきた奴らはこれからもしぶとく生き抜くだろうし、サバイブできなかった奴らはこれからはもっと苦しむだろうし、世の中は何も変わっちゃいない、むしろ格差が大きくなっていくだけだアホが、と白けた気持ちでカミラは思う。

テレビを消したい。が、リモコンが手元にないので消すこともできない。仕方なくまた天井を見上げるが、テレビの音が耳に入ってきて不快に思う。でも、リモコンを捜すために立ち上がることのほうが、今はもっとできない。

ヤバイ。やっぱりちょっと、ヤバイかもしれない。

昨日から、自分のことをそう思っている。昨夜、ニュース番組の中でたまたまユウカがインタビューされていた映像をみて、怒りや憤りみたいなものを感じなかった。もっと具体的に言うと、感じたいのに、それを感じる元気が自分の中に見当たらなかったのだ。身体に、という以前に、気持ちに力が入らない。

いつもの自分だったら、大真面目に「推し」とか言っているユウカに爆笑した気がする。でも昨夜は、ただただぼうっとしながら、ユウカを見て初めて自分に顔が似ていると思ったくらいだった。

どうしちゃったんだろう。元気が出ないにもほどがある。稼がなきゃいけないのに、チャットレディのアカウントにもずっとログインできていない。

動けない。動くための気力が湧いてこない。

ただただ天井を見上げていたら、不意に昔、レイプされたことを思い出した。

私はあの時まだ10代で、終わるまでただひたすら天井を見上げていた。が、その天井がどんな色だったのかは覚えていない。ただ一つ、他校の年上だったことだけわかっていたその男が部屋を去った後に、「はい〜、お疲れ様でしたね、アホが」って思ったことだけは鮮明に覚えている。

いや、私を襲わせた女の名前は死んでも覚えている。舘マイカ。あのクソ女のことは忘れないが、傷つけられたという思いは皆無。

私は、嫌いな相手に自分の心を傷つけさせてあげるほど優しくない。無理してそう思っているわけでもない。精神がタフというよりも、生まれつきプライドが高いのかもしれない。傷つくなんてことを自分に許せないのだ。

傷つきやすいと言われる人には、優しい人が多いように思う。傷つきたくないから人に心を開けないと言う人も多いが、カミラにはその心理がよくわからない。自分を傷つけることができる人など、募集をかけたところで人生でそう何人も出会うことはできないのではないか。

何故、人はそんなにもランダムな人間相手に、自分の心を傷つけさせることを許せるのか。カミラは首をかしげる思いだった。

そういえば、昔付き合っていた男に浮気をされて、「傷つけてごめん」と謝られた時もカミラは爆笑してしまった。

自意識が過剰すぎる。そう思った。何故、自分が私を傷つけたと思い込めるのだろうか。舘マイカだってそうだ。一時は仲が良い友達だったが、何かが舘マイカの癇に障ったのだろう。まぁ、多分、嫉妬だ。自分より美人でモテる私を再起不能になるくらいにコテンパンに傷つけたくなったのだろう。で、男に頼んで私を襲わせた。バカが。

実際に傷ついていないのだ、私は。その理由として、男のちんこがあまりにも小さかった事実もでかい。私は処女でもなかったし、身体の中に入っているのか入っていないのかの実感も持てなかったから終始「は？」って感じだったのだ。

屈辱。まぁ、もちろんそれはあったとは思う。でも、部屋に閉じ込められて「ハメられた」って思った次の瞬間にはもう、男に力では敵わないことはわかっていたから、私は自ら横になって脚を広げた気がする。殴られたくなかったし。

で、ただただ天井を見上げて、終わるのを待った。いや、待つほどもなく男はすぐにイッた気がする。男が去ってここを出たら舘マイカに電話をかけようって思っていた。で、そのとおりにして私はあの女を罵倒してやった。

「舘マイカ！　私の名前は神谷ラン。カミラだ、テメェぜってえ忘れんなよ！　覚えてろ！」

そう叫んだと記憶している。成功した自分の未来の姿をテメェにゼッテェ見せてやるから楽しみにしてろって意味だった。

気力の塊みたいな女だった、私は。

いや、わからない。つい最近まで、そうだった気がするのに、どうして動けないんだろう。

他人に心を傷つけさせることすら許さなかったストレスみたいなものが、チリも積もりに積もって、今の私の気力を根っこから奪っているのだろうか。

でも、だからって、好きでもない相手に対して、素直に心から傷ついてあげられるほど優しくはなれない。強がっているわけでもない。どうでもいいのだ、この世のほぼすべてのことが。

うん。やっぱりこれはプライド云々のはなしでもなくなっているように思う。最初はそうだったかもしれないけど。

私にとってはどうでもいい人間ばかりだから、傷つくチャンスがあまりない。今はそんな感じだと思う。とはいえ、今だけではなく、ここまでの人生の中で本当に自分が傷ついた経験があるのかどうかも、カミラははっきりとは思い出せないのだった。

いや、むしろ、とカミラは思う。男にレイプされたことすら、トラウマはおろか人生のかすり傷にもなっていない事実が、カミラにとっては誇りでもあった。

勝った。

心のどこかでは、本気でそう思っている。見下すどころかそもそも眼中にも入っていない人間に、何をされたって負けるわけがないのだ。

そう考えると、ヒデツグに言われたとおり、自分はユウカのことは好きなのかもしれない。ヒデツグが言ったように、わざと見下して笑うことでユウカにかまって欲しがっているつもりはないけれど、でも。私の心を揺らすのは、ヒデツグ、ユウカ、ヒデツグの父親の3人だけだ。

一人は死んでしまったから、この世に大事なのは二人だけだ。カミラはどこか他人事のようにぼんやり思った。

今、何時なんだろう。疲労しか感じないのに、疲れすぎているからなのか眠ることもできない。天井を見上げ続けることにもとても疲れて、スマホを手に取るとラインが2件入っていた。

一件は、カミラの次の出勤予定をたずねるクラブのマネージャーから。一度も返信できていないが、もう5回目くらいの質問だった。

緊急事態宣言が解除され、まるで何事もなかったかのように夜の街は動き出しているようだった。実際は知らない。行ってみてもいないから。でも、昼間の世界も同じみたいだ。ヒデツグの学校も6月に入るとすぐに始まった。朝の検温が義務付けられているくらいで、ヒデツグは新しい制服に身を包み、電車に乗って学校に通う中学生になった。

どうやら世の中は、またケロッとコロナの前のように動き始めているようだった。でも、その切り替え方にカミラはついていけない。

ヒデッグの父親が死んで毎月支払われていた50万円の仕送りが止まり、週3回出勤していた夜の店が営業を止めた2月に、カミラはすぐにチャットレディに登録して働き出した。その時に発揮されたいつもの自分の瞬発力で、残りの人生のエネルギーをすべて使い尽くしてしまったような気がした。

明日こそは働かないと、来月の家賃もヒデッグの学費もヤバイ。だから明日こそは、と毎晩思っているのに、そう思うことで余計に力が奪われていく。ソファから、起き上がることができないのだ。

ラインのもう一件は、沼畑からだった。

「こんばんは！　カミラちゃん元気にしてる？　この前紹介した弁護士の先生にまだ連絡が入っていないと聞いて、心配しています。メールだけでもいいので連絡をしてくださいね‼　ちなみに僕はコロナで家に入れてもらえずにホテル暮らしです。遊びにきませんか？　笑」

最後まで読み進めることすら、しんどかった。紹介された弁護士に連絡をしていないことへのプレッシャーの重さが、今のカミラにはひどく、ひどくこたえる。

もうダメだ。腕から力が抜けて、ソファの下にスマホが落ちる。頭の中で何かを考える力すら、身体からスーッとどこまでも遠くに抜けてゆく。カミラは、自分が泣いていることにも気づけない。

☽

気づけなくってごめんなさい。たった今、メッセージを読みました。
お互いに望みが叶った満月の夜を過ごせたこと、
奇跡のように嬉しく思います

最後にメッセージを送ってから約３ヶ月が経っていた。相談サイトに届いた返事を読みながら、キリはあの奇跡みたいに幸せだった満月の夜を思い返して涙ぐむ。

好きな人と両想いだったこと、見ず知らずの相談サイトの相手にわざわざ伝えるほどに私は浮かれていたのか。同じ部屋、同じベッド、同じパソコン。だけど約３ヶ月前の自分は、確かにサイと想い合っていた。

今は、もう、違う。

そう思うと心が折れてしまいそうで、キリは頭の中の自分の声を止めたかった。

もう戻ることができないあの夜まで時間を巻き戻すことができたなら、自分は何をどうやり直すだろう。考え始めたら、メッセージが追加で入ってきた。

というのも、実は私、無事に妊娠したのです

ビックリした。純粋にとても嬉しかったし、自分自身も励まされた。あの満月の夜の願いが叶っていることに、もしかしたら私のものも、という一筋の希望の光が暗闇の中に突然差し込んできたように思えた。

「赤ちゃん、おめでとうございます」すぐに打ち込むと、相手がまた返事をタイピングしているサインが浮き出てきた。

キリはパソコンの前で彼女の言葉を待ちながら、画面の向こう側にいるヒトの姿を想像した。お腹はまだ出ていないだろうけど、ふんわりとした白いワンピースを着ている女の人が頭に浮かんだ。きっと、どこもかしこも優しそうな雰囲気で包まれていることだろう。

妊娠して、誰かにおめでとうって言われたら、どんな顔でありがとうって言うんだろう。やっぱり自然と微笑むものなんだろうか。私のお母さんも、私を妊娠した時に「おめでとう」って言われて「ありがとう」って返事をしたことが、一度くらいはあったのだろうか。いや、ないだろう。

自分で考えておいて即座に自分で否定して、勝手に一人で傷ついたところでメッセージがパソコンに表示された。

P.S. 今夜は新月ですね。しかも、夕方からは部分日食が見られるとか。次に東京で日食が見られるのは2030年の6月。10年後もお互いの望みが、どうか叶い続けていますように

キリは、お礼は言わずに星の動きを伝えてきた彼女に少し違和感を持った。が、それよりも速いくらいのスピードで、相手のアイコンがオフラインへと切り替わったことに何故か大きなショックを受けた。

また深夜に一人ぼっちで残されたキリは、自分が母親に捨てられた子どもであることをハッキリと思い知らされた気持ちになった。

ダメだ。心がとても弱っている。捨てられた、という言葉を頭の中で使ってしまった。そんな概念を、私は信じていないのに。だって人は、そもそも他人を所有することなどできないのだ。

捨てる、捨てないという言葉を人間関係に持ち込む人こそ、エゴイスト。私という人間は、誰からも捨てられることなどないし、誰のことも捨てられない。最初から所有されたくもないししたくもないし、そもそも人間を人間が所有するなど、人権的にも道徳的にも不可能なのだ。

私はただ、好きな人と寄り添い合いたい。それだけだ。私を産んだお母さんにも、どこかにはいたはずのお父さんにも、もっともっと近くで寄り添っていて欲しかった。ただただ、それだけだった。

「赤ちゃん、おめでとうございます」ついさっき浮かれた気持ちで打ち込んだばかりのセリフが、今度はとても暗い音で脳内でハツオンされた。

夢が叶い続けることを望める状況にあるそのヒトに、応援のメッセージを送る気持ちになどなれるはずもなく、パソコンを閉じて窓を開ける。

夏至。今日から夏。夕方に日食。次は２０３０年。満月からの新月。蟹座。私は自分の誕生日さえも、正確には知らない。星占い。

窓から頭を丸ごと突き出して首をひねってみても、月などどこにも見えなかった。

Hurt Me More.

Chapter 10.

これは恋なのか。

それとも執着なのだろうか。

まだ傷つき足りないのだろうか。

それとも傷つきすぎて、

このままでは後に引けないのだろうか。

永遠に降り続けるかのように思えた雨が、あがった。8月に入ってからの梅雨明けは13年ぶりのことだと、Radikoがイアフォン越しにキリに伝える。あと11分で、深夜0時。サイがゲストで登場する生放送のラジオ番組が始まる。

キリは、サイの活動を追うことで日々を潰している。例年より明けるのが約2週間も遅かったという梅雨を、厳密に言えば6月と7月を、キリはその行為によって丸ごと潰すことで生き延びた。

大袈裟ではない。鬱々とした暗い日々。窓を打つ雨音と一階の工事の騒音とに挟まれた室内で、手の中のスマホでサイにまつわる情報を集め、ネットはもちろんテレビも雑誌もラジオも漏らさず追った。越えられるかわからなくなる夜なら、何度もあった。

あと9分。

新型コロナウイルスの感染者数が今日もまた東京では400人超えというニュースを聞き流しながら、キリは時刻を追う。

感染者数は緊急事態宣言が出る直前よりも増えていて、第二波がきているとも言われているが、キリはコロナをも含めたサイ以外のことに興味を持つことができずにいる。

キリが所有するビルの一階に入っていたバーが、結局再開することなく撤退と決まった時も、その件についてサイに連絡を入れたくなってしまったことが、キリにとっては一番大きな問題だった。二度、二人で行った場所だった。サイがここまで来てくれたレアなデートで、キリにとってはどちらの夜も幸せな思い出になっていた。

……思い出。過去になっていく。場所さえ、消えてゆく。怖くて、サイと話したかった。

撤退工事が始まってからもしばらく迷い続け、ラインのトーク画面に文字を打っては消しを繰り返し、送ることはせずに今に至る。

あと一分。

これは恋なのか。それとも執着なのだろうか。まだ傷つき足りないのだろうか。それとも傷つきすぎて、このままでは後に引けないのだろうか。

砕け散った自尊心のようなものを元へと戻せるのは、砕いた本人、サイだけのような気がしてならない。わからない。

いや、わかる。もし、サイから連絡がきて私が恋しいと言ったなら、私の心は一瞬にして元のカタチまで巻き戻る。そう言い切れる。

始まる。

「ミッドナイトコール、始まりましたァ！　こんばんはァ！……あれ？　って思った方、正解です。ごめんなさい！　本日、パーソナリティの高倉ナツちゃんが体調不良のため、時期が時期ですので大事をとってのお休みということで、今夜は急遽ピンチヒッターで！　わたくし舘マイカがお送りします！」

聞き覚えのあるその名前に、ユウカは身震いした。次の瞬間、右耳の奥に間抜けな電子音がして、AirPodsの充電が片方だけ切れた。右のAirPodsを取り出すと、すぐ隣のソファで口を開けて寝ているメガネのいびきが大音量で流れ込む。右耳の穴を指で痛いくらいに強く塞ぎ、ユウカは左耳のAirPodsから流れる声に神経を集中させる。

「まずは、簡単に自己紹介をさせていただきますね！　28歳。グラビアやってます！　ナッちゃんもね、今は女優業に専念していますが、以前は何度かグラビアも一緒にやらせてもらっていて、今も事務所は同じ。簡単に言うと、キャリアは追い越されたけどナッちゃんの先輩です。あ、怖くはないですよ!?　キャハハッ！　あッ！　予定通り、ゲストの萩原祭くんには後ほど登場してもらいます。リモート出演、電話を繋ぐよ～！　お楽しみに～」

キリは思わず顔をしかめた。知性を感じない喋り方、耳に不快な笑い声。番組はすぐに一曲目へと進んだが、選曲にもまるでセンスを感じない。

安っぽい……。「舘マイカ」の名前で画像検索して出てきた際どいグラビア写真の一覧を眺めながら聞いているので、余計にそう感じるのかもしれないが、こんな女性と共演することはサイのキャリアにとってもマイナスなんじゃないかと思えてならない。

サイが今もっとも信頼を寄せている新垣というマネージャーは、一体何を考えているのか。キリはそこに一番の怒りと憤りを覚えている。

元々この番組を担当している高倉ナツという女優はサイのオンライン舞台の共演者で、再演が決まったことを宣伝するための出演だと理解していた。急なピンチヒッターに、マネージャーの新垣も対応が追いつかなかったのか。

舘マイカの事務所を調べると、「半グレ」というキーワードと共に黒い噂ばかりがヒットした。規模と知名度で言えばサイの事務所のほうが圧倒的に大きいが、敵には回したくない事務所なのかもしれない。キリは全く詳しくはない芸能界のバックグラウンドまでをも想像する。

「でも見てよ今の僕を～」

流れる曲のリリックにサイを思う。

「クズになった僕を～」

ここ数ヶ月で一気に知名度を上げたサイのことが心配だった。どこかに落とし穴がありそうで。いや、自らそこに落ちにいくくらい、今のサイは調子にのっていそうな気もする。想像するだけで、キリはいても立ってもいられない気持ちになる。

流行るとダサくなるのか、それともダサいから人気がでるのか。

「ド〜ルチェア〜ンドガッバ〜ナ〜」

流行りのサビから逃げるように、ユウカは右耳を押さえていた指を離した。

まさか、舘マイカが芸能の仕事をしているとは知らなかった。いや、まだわからない。画像検索してみたが、そもそもユウカはその女の顔を知らない。ただ、もしこれが本名で、思っている女と同一人物であるなら年齢は嘘。カミラと同じ歳のはずだから。

スマホの画面を埋めるグラビア写真の中から、もっとも際どそうな一枚の写真をタップする。

指が、かすかに震えた。

……この女、なのだろうか。10代だった姉を、男にレイプさせた舘マイカ。

画面いっぱいに映ったのは、信じられないくらい面積の小さいビキニから、巨大な乳房がわざとこぼれ落ちるように腰を引き、プロテーゼの鷲鼻とセラミックの歯で微笑む女。

昔の写真なのだろうか。今時、ここまで長い金髪のエクステをつける女はいない。そう思った直後にユウカの目に入る、右下に小さく記されたコピーライト。「ⓒMaikaTate2020」。

28歳は絶対に嘘だ。ボトックスやレーザーで肌年齢は誤魔化せても、実年齢はセンスでバレる。写真の中の豊胸女は、ギャル全盛期の流行をいまだに引きずる典型的なアラフォーに見える。あの舘マイカ。……多分、いや、絶対にそうだ。

出身地を調べようと検索をかけたが、それより先に出てきた所属事務所の名前を見てユウカのそれは確信へと変わった。

ザワザワと、今まで感じたこともないような種類の不快感が胸に押し寄せる。


「あ、もしもし。あ、聞こえてますか？　あ。あ」

「キャハハッ！　大丈夫です～、聞こえてますよ～」

「あ、こんばんは。萩原祭です……」

サイのいつもの低い声がする。


動揺していたユウカは、サイの声をもっと感じたくて目を閉じる。キリは、聞きながらもスマホ画面をツイッターへと切り替え、ラジオ番組名のハッシュタグをリアルタイムで追い始める。

〈祭くん緊張してる？ｗかわいい〉〈舘マイカて誰ｗ〉〈萩原祭イケボ〉〈ナッちゃんどこいった〉〈オンライン舞台のタイトルがそのままオンライン舞台で草〉〈今の時期に体調不良って大丈夫なのかな　#高倉ナツ〉〈この女の喋りアホ丸出しｗｗｗつか誰だよｗ〉〈声聞けて嬉しいけど、祭くんこんな安っぽい番組出ないほうが……〉

今、この瞬間、自分と同じようなことを感じている人たちがいる。サイの活動を追い始めてから、キリはこの不思議な一体感を何度も感じてきた。

〈CMクソカッコイイです‼　萩原祭めっちゃ推せる。てか付き合いたい！ｗ〉〈ＰＨＹ時代からのファンです！　これ今となってはホント自慢〉

ハッシュタグに、見覚えのあるアイコンが次から次へとあがってくる様子を眺めているだけで、キリは楽しい気持ちになってくる。

ＣＭが放送され始めてからの新規ファンが主だが、たまに初期の頃から追っているという人もいる。キリ自身がツイートすることはないが、それでも頻繁にツイートするファンのアイコンはほとんど覚えてしまった。

〈どこに行けば会えるんだろう？　リモート出演じゃない時は局で出待ちしようかな〉〈有名になる前、渋谷で何度もすれ違ったことあるｗ〉〈東京はいいなぁ。田舎に萩原祭とかマジでいないｗ〉

ドキドキしながらファン同士の会話を追っていく。実際にサイとつながりがあることへの優越感が、湧いてこないと言えば嘘になる。でも、それ以上にキリは自分以外の誰かと一緒にサイの話で盛り上がることに純粋な嬉しさを感じている。キリにとって、初めての感覚だった。

きっと、友達がいないからだ。

ハッシュタグをつけていないツイートを見るために「萩原祭」でツイッター検索をかけながら、心の中でキリは思う。施設にも学校にも、その時々で話をする程度の相手はいたけれど、結局、誰も残らなかった。

施設にいる子どもたちは当然、それぞれがそこにいる理由を抱えていた。定員が20人くらいの小さな園で、明るい子も暗い子も、他にも色んな子がいたけれど、誰もがシンとした孤独を内側に抱えて生きていた。

キリが一番イヤだったのは、新しい子が施設に入ってきた日の夜だった。

「お母さん」、「ママ」、「パパ」、「おばあちゃん」。

突然会えなくなった人の名を呼ぶ子どもの泣き声が、延々と聞こえてくるからだ。

その叫び声のあまりの悲しさに、聞いている方も胸がつぶれるような思いがした。虐待やネグレクトなど、一緒にいることが危険だと判断されたような親から引き離されている子がほとんどだというのに、どんなに傷つけられてもその存在をすがるように愛し、求めているようだった。

声が相手に届かないことを知ると、その泣き声は、どんどん激しくなった。痛くなるほど強い力で耳を塞ぎながらも、キリは思い知らされるのだった。

会いたい人すら、いない自分を。物心つく前からここにいて、家族の記憶がないのは施設の中ではキリだけだった。

誰もが迎えを待っていて、待つ人すら持たない自分はこの中でも珍しいのだと気づいてしまった頃からだ。人との違いに気づくと傷つくから、キリは他人とのあいだにバリアを張ることを覚えていった。生徒のほぼ全員が家族と暮らしている学校なんて、なおさらだった。

「萩原祭」。

どんなに傷つけられても愛されたくて、キリが心の中で呼び続けている名前がツイッター上に溢れている。

萩原は、サイが私からとった苗字。スクロールが追いつかないほど溢れている。サイが世の中に残す爪痕の中に、私がいる。

「そうっすね。コロナもそうですし、とにかく忙しくて。ありがたいことなんですけど、友達にも会えてないですね」

イアフォンの奥から、サイの声がする。目頭が熱くなって、キリはまぶたを閉じる。生まれも育ちも関係なく、今の自分だけで対等な会話をすることができたのは、サイが生まれて初めてだったんだ。

「って、あんまいないんですけどね、友達」

サイの声が、耳の奥へと直接響く。

私のこと？　そうだといいな。

期待しながらも、友達と呼ばれて傷ついていた頃があったことを思い出す。サイはいつの間にか、自分から、とても遠い。

「えええ！　マイカが友達になりたいですぅー!!　って、そろそろお時間ですねェ」

カッと苛立ち、キリは目を開ける。きっと同じような不快感を抱いた人がいるはずだ。キリは番組名のハッシュタグを再び検索した。

〈え、もうすぐ終わる感じ？w〉〈このためだけに夜更かしして待ってたのに、出演時間5分満たないてなにw〉〈女の人の媚びるような喋り方苦手だー!!　祭くん逃げてー〉

顔が、自然と笑顔になっていた。そんな自分に気づくと、キリは流石に少し戸惑った。サイ不在の、だけどサイを軸にして生まれるこの平和な空気感に、ある種の安らぎを感じている。

サイと実際に会ったのも、連絡を取ったのも、一方的に家まで押しかけて無視されたあの日が最後だ。もう3ヶ月以上経っている。こんなに長い間連絡を取っていないのは出会ってから初めてで、このまま音信不通になるのではないかという不安は日に日に大きくなる。でも、サイとの距離が遠く開いたことで、実際にキリの心は休まっていた。

「では、最後にファンにメッセージをお願いします〜！」

「え。あ。そういうの慣れてないんですけど、あの。ま、聞いてくれてありがとう」

〈ぶっきらぼうｗｗ〉〈か、かわいいｗ〉〈こういうところ萌える。祭さん、照れ屋だよねぇ〉〈こちらこそありがとう〜!!〉

耳でサイの声を聞き、目で仲間たちの声を読む。するとまた、心が安定する。まだアンチが出るほど人気があるわけじゃないからかもしれないけれど、みんな、とてもいい人だ。と、思った次の瞬間、異質なツイートがキリの目に留まる。

[因縁コラボ？　待ってる
#ミッドナイトコール
#舘マイカ　#萩原祭]
——@YukaKamiyaOfficial

初めて目にするアイコンだったが、名前の横についたオフィシャルマークが著名人であることを示している。キリはすぐに彼女のページへと飛んだ。

固定ツイートに貼り付けられた写真を見て、サイの家の前で会った女の子だとすぐにわかった。

あの日、同じ場所にいた彼女と、またもや同じ空間の中にいた。

地下アイドル……？　神谷ユウカのツイートを下へ下へとスクロールするにつれて、キリの鼓動が速くなる。サイの家の前で会った日と同じ格好をした神谷ユウカが、街頭インタビューに答えているテレビ映像のリツイートもあった。

なんだか、怖くなる。闇を、感じる。虫の知らせ、とでも言うのだろうか。不吉なことが起きるような気配に、全身の毛穴がブワッと開いて鳥肌が立った。


「ではでは、オンライン舞台、前回見逃した方は是非チェックしてくださいね～!!」

「あ、はい。よろしくお願いします。では。ありがとうございました」


プツッとサイが通話を切った音まで、キリにはハッキリと聞こえた。まるで、自分がサイと電話をしていたかのような錯覚に陥って、キリは衝動的にラインのトーク画面を開く。通話ボタンを見つめる。サイの声を聞くことで、悪い予感を払拭したかった。大丈夫だと安心したかった。話したかった。気をつけるように言いたくなった。だけど、出ないだろうとわかっているから、押すことも同じくらい怖かった。

――「久々」

手の中のスマホに、サイからのライン通知が舞い込んだ。そのタイミングに飛び上がったのは、ユウカだった。「くる?」既読をつける前にラインがまた飛んできた。

ユウカがメガネの部屋を飛び出すまでに、5分もかからなかった。

ラジオ出演の通話を切るなり新垣から電話がかかってきたが、出なかった。サイは昨夜も映画撮影とセリフの暗記とで数時間しか眠れておらず、ひどく疲れていた。着信をもう一度無視すると、今度は新垣から長いメールが飛んできた。

高倉ナツのピンチヒッターを務めたグラドルへの文句と、今から4時間後にはもう自宅まで迎えに行くからすぐに寝るように、という内容が長ったらしい文章で綴られていた。この分量を今の数分で書けるわけがないから、放送中から書いていたんだと思ったらうんざりした。

新垣が分単位で入れるスケジュールに忙殺されているサイは最近、新垣の熱意がうっとうしく感じられる。

ザッと流し読みして「了解です」とだけ返信し、さっきラジオで喋ったばかりのグラドルの名前を画像検索した。

身体の節々が痛みを感じるほど疲れていたはずなのに、話したばかりの女のえげつないほどにエロい写真を目にした途端、抑え切れぬほどの性欲が込み上げた。——あの夜、何かを考えるより先に、オレはユウカを呼び出していた。

「後から言うのもアレだから先に言うけど、ヤったらすぐ寝たい。明日5時起きなんだよ。だから、わりぃんだけど、終わったらすぐに帰ってもらってもいい？」

ユウカが部屋に入ってくるなり、まず確認した。仕事に響くのはイヤだったからだ。で、あいつがいいって言うから、始まったことだった。

髪を摑んで、口にねじ込むようにしてイラマチオ。あいつがあまりにも苦しそうな顔をするから、どんどん興奮して歯止めが利かなくなっていった。疲れマラ？　死にそうな疲労感に性欲を搔き立てられている感じだった。で、あいつが吐きそうになったのかオレの太ももを強く叩いた。から、一度離したら「撮って」ってあいつからスマホを差し出された。

「苦しそうなボクが君にどう見えているのか、興味ある。このまま犯して。もっと荒くして。ボクが泣いても止めないでいいから。で、ボクのスマホで撮って欲しい」

もうガチガチに勃起した状態で、口をヨダレで濡らした女にそんな提案をされて、断る理性がある男がいるならオレは会ってみたい。

スマホで録画しながら、されるフェラは最高だった。スマホを持っていないほうの手を、あいつは自分で自分の頭へと持っていった。

「もっと、もっと痛めつけて」

「……」髪を摑む手に力を入れた。

「もっと、もっと痛くして」

痛みに顔をしかめながらも、あいつはスマホじゃなくてオレの目を上目遣いでジッと見ていた。

オレの中の、何かが外れた。

そこからはもう、ハッキリとは覚えていない。ただ、映像を見る限り、オレはあいつを四つん這いにさせて、スマホを持っていないほうの手であいつの左腕を摑んで顔も後ろに振り向かせながら、あいつが泣き叫ぶまで激しく腰を振り続けていた。

途中からは、涙と汗と唾液とでグチャグチャになったあいつの顔ばかりを、オレはドアップで撮っていた。パンパンパン、と肉と肉とがぶつかり合う音が生々しく響いてから、スマホが床に落ちるような音とともに画面が真っ黒になり、そこからまたグルリと画面が回転してから、再度あいつのドアップ、正常位。泣き喚くあいつの口をスマホを持っていないほうの手で塞いでヤっていた。途中、指を嚙まれて、反射的に首を絞めかけたのも同じ手だった。

「もうだめ。死んじゃう。お願い、やめて」

そのセリフに興奮して、オレはあいつの腹の上に射精した。イッた直後だったから、あいつがスマホを手に持ったことにも、全く気づかなかった。ティッシュであいつの腹の上の精子を拭き取っているオレの顔が、最後の最後にバッチリと映っていた。

白い壁に囲まれた、真昼間の事務所の応接間。担当マネージャーのノートパソコンで見せられたハメ撮り映像。その中にいる男は、自分じゃないみたいに思えた。が、間違いなく、それは5日前のオレだった。恥ずかしいとか、そんな感情は超えていた。

現実に起きていることだといまだに信じがたかった。映像を最後まで無言で見終えてからパソコンを閉じると、向かいに座る新垣の姿が見えたが、顔を上げることはできずにいる。

「神谷ユウカ。どういう関係なの？」

「……セフレ、みたいな感じです」

「合意の上でのセックスだったってこと？」

「はい。それは何度も言ってるけど、本当にそうで。つか、自分も映ってるのになんであいつがこれを流すのか……」

言い終わる前に新垣が勢いよく立ち上がり、パソコンに拳を振り下ろした。驚いて思わず顔を上げると、鬼の形相で新垣がオレを睨んで叫んだ。

「そんなの、恨みを買ってたからに決まってるでしょう⁉　バカなの⁉」

なんで、こんなことになったんだ。オレは、両手で顔を覆って頭を下げる。思い出す。

「後から言うのもアレだから先に言うけど、ヤったらすぐ寝たい」

あの夜の最初の会話の続きを思い出している。

「だから、わりぃんだけど、終わったらすぐに帰ってもらってもいい？」

あれは絶対に、合意のあるセックスだった。

「わかったけど、代わりに一つ聞いてもいいですか？」

あいつに聞かれたことも覚えている。

「好きな女の人とセックスできないって、なんでなんですか？」

痛いとこ突くなって思いながらも、早くヤッて寝たかったこともあって正直に話した。

「したことないんですか？　好きな女の人とは？」

「あるよ」

「……」

「ただ、本気になるとできない」

「……」

「オレ、荒くするのが好きだから、好きだと大事にしたくなるから、なんつーか興奮できなくなる。あと……や、いいや」

「あと、なんですか？」

「……嫌われたくないって気持ちが、性欲より強くなる」

「なら、ボクは、馬鹿みたいですね」

「……でも、お前とのセックスみたいなのが一番きもちい」

「……愛がないセックスのほうが、きもちいですか？」

「うん。それは本当にそう。オレは」

「ボクは、肉便器みたいな扱いってことですか」

「え、いや。え？　そんなふうには別に一度も思ったことないよ。つか、別になんも考えてない、正直」

「……この前、いた人ですか、好きな人って」

「……ああ、うん。あれ以来会ってねーけどな。でも、ま、好きだな。なんなんだろうな、好きって。会ってないし消えるかとも思ったけど、意外と消えねぇな」

キリのことが好きだと言ったのが、まずかったのか。ただ、そんなのは、最初に出会った時からユウカに伝えていたことだった。よくわからない。混乱する自分を殴りたくなってくる。

「……ちょっと前に言ってたセリフ、もう一回言ってくれません？」

そうだよ。ユウカはその後も、別に態度を変えたりしなかった。

「え、なに?」

「ボクとするセックスが一番きもちいって。あと、ちゃんとボクを名前で呼んで欲しい」

「……ユウカ」

ハッキリ覚えている。あいつの顔が変わったのを。

「はい」

名前を呼ばれた。それだけで、嬉しそうに返事をする姿がたまらなかった。

「ユウカが一番じゃなかったら呼んでねぇよ。ほら、早く、早くこっちきて」

「はい」

好きなのはキリでも、興奮するのはユウカだから。それだって嘘じゃなかったし、この時すでにプレイは始まっていたんだ。

「服、全部脱いで、こっちきて」

で、あいつは自ら服を脱いで全裸でオレの前に立ったんだ。すがるような目をして。虐めてって顔に書いてあった。

「めちゃくちゃにしたい気分なんだけど、いい?」

「はい。ボクを、グチャグチャにしてください……」

出会ってからその夜に至るまで、期待をさせるようなことは一言も言っていないし、好きな女が別にいることに対してもオレは正直すぎるほど正直だったし、乱暴さはあいつが求めたことだし、これのどこが恨みを買うことにつながるのか、オレには理解ができないけど、でも——合意がある証拠になる会話をオレが覚えていたって、なんの意味もない。

「明日、週刊誌に出ます。映像も、もしかしたら週刊誌の発売を待たずに今夜ネットに流れるかもしれません。相手の出方にもよりますが、いくら萩原くんが合意があったと主張したところでこの映像が出たら警察は動くので、こちらも弁護士をつけますが、萩原くんは今は黙秘を貫いてください。家からも出ないで。明日のオンライン舞台もキャンセルです。降板の旨を先方には既に伝えてあります」

ここ数日で一気に老けたように見える新垣が、絶望した目をオレにまっすぐ向けて一気に言った。

「……あの、映画は……？」

口から漏れたサイの声が、けたたましいヴォリュームで鳴り出した新垣のスマホの着信音で掻き消される。

スマホを耳に当てている新垣の目が見開いてゆくのが、スローモーションのようにサイには見えた。

「高倉ナツさん……」

短い通話を切った新垣が、意外な名前を口にして、怖いくらい冷静な目つきでサイを睨む。

「コロナ陽性」

「えッ」

感情はもちろん、思考のほうも全くサイに追いつかない。

「濃厚接触者として、萩原くんの名前が出てるんだけど、会ったの？　オンライン舞台は、会わないよねぇ？　プライベートで、会ったの？　ねぇ、いつ会ったの？」

さっきまで冷静だった新垣が、顔を真っ赤にして怒鳴っている。

「……ちょ、ちょっと待ってくださいよ。えっと、ニシさんと3人で飯食い行った。ラジオの前の日の夜。え、ちょっと待ってくださいよ」

怖かった。何が起きているのか、もうわからなくなった。逃げたくなった。嘘はついていないのに、信じてもらえないこの空気そのものも、耐え難かった。ついさっきまで怒鳴っていた新垣が、ボロボロに泣いている。

「高倉さんとも、寝てるの？」

「……そんなわけ、ないじゃないっすか」

「病気……病気ね、あなた」

失望を超えた、軽蔑の赤い目を最後にサイに向けて、新垣は部屋を出て行った。

「……」

あまりのショックに、サイは身動きが取れなくなった。

「車に乗って。早く！」

いつの間にか部屋にいた柴田に肩を叩かれて、サイはハッと我にかえる。

「PCR検査に連れていくから、早く。サングラス、マスク、帽子。早く」


外は、猛暑だった。サイは、柴田が運転する黒塗りのバンの後部座席に座っている。後ろへと流れる渋谷の街を、ただただ呆然と眺めている。

昔の宮下公園は跡形もなく消えていて、近未来を思わせる真新しい商業施設に人が集まっている。コロナなんて嘘みたいに、人々が密集している。

サイは、スモークフィルムが貼られた窓ガラスに額をくっつける。

オレからは外が見えるけど、外からはオレは見えない。ここ数ヶ月で顔が売れて、一人で渋谷を歩けなくなった。

明日以降は、もっとそうなるだろう。犯罪者のように、身を隠して過ごすことになるのだろうか。いや、コロナだったら、このまま入院することになるのかもしれない。もう、このままコロナで死ねたらそっちのほうがずっとラクな気もしたけど、たとえかかっていても自分はどうせ死ねない気がした。

オレは、どうなるんだろう。

途方に暮れて、視線を上げる。

――『まいったな２０２０』。

ビルの上の看板に書かれた文字が目に入り、追い込まれた自分が見せた錯覚かと思ったが、確かにそう書いてあった。そこは、つい最近まで自分の顔が飾られていた広告スペースだった。

「終わったな２０２０」声に出して呟いたが、柴田は返事をしなかった。

終わるより、ここから続く未来のほうがエグいこと、オレにだってわかっていた。

Revenge Porn.

Chapter 11.

芸能人のセックススキャンダルなんて、

人々の暇つぶしの話題としてのみ

消費され、光の速さで過去になる。

でも、人は意外と忘れはしない。

死ぬまでそいつらは、

ボクの恋の生き証人になってくれる。

「死ぬ暑さ！　ちょっと危ないくらい暑いよ、外！　これでマスクは、死者が出るよ」

ヒデツグの声がして、カミラは慌てて動画を止めてスマホを伏せた。心臓が、止まるかと思った。テレビも消したい。ワイドショーがいつまた萩原祭を話題にし始めるかわからないからだ。が、リモコンがどこにあるのかわからない。

もちろん、ヒデツグだってもうとっくにユウカの件は知っているし、ネットに溢れているハメ撮り映像だって既に見たのかもしれない。それでも、母親がいまだにそれを見返していることを息子にだけは知られたくない。

「……おかえり。帰ってきたの、気づかなかった」

カミラはつとめて冷静な声を出し、ソファから上半身をゆっくりと起こす。ずっと寝たままの姿勢でいたので、少し動いただけでも腰が痛んだ。

キッチンで冷蔵庫を開けているヒデツグの、後ろ姿が見える。制服の白いシャツが、汗でびしょ濡れになって背中の肌色を透かしている。

「外したマスクはすぐ捨てて。あと、手洗いうがい」

返事はないが、もうしたのだろう。洗って濡れた手を拭いたと思われる制服のパンツのグレーが、そこだけ色を濃くしている。

「あ、飲み物ないかも」カミラが言ったのとほぼ同時に「ない」と冷蔵庫を覗き込んでいたヒデツグが言った。

「ごめん。さっき麦茶カラにしちゃった」

あいかわらずカミラはスーパーに行く気力もなく、食料はヒデツグのコンビニへの買い出しとウーバーイーツに頼っている。

「うわ。今からまた外出るのは死ぬ……。もう、いいや」

キッチンの蛇口を勢いよくひねって水道水をグラスに注ぎ、ヒデツグは一気に飲み干した。その姿を見ながら、また背が伸びた、とカミラは思う。あんなに小さかった息子が中学生になったなんて、まだ信じられなかった。

とはいえ、コロナで始業が延びたので、ヒデツグの私立中学での生活が始まってからまだ2ヶ月と少し。こんな時期に、しかもよりによって性的なスキャンダルを起こしたユウカが恨めしい。ユウカがアイドルを始めると聞いたときに本名での活動を勧めた自分のことも、許せない。館マイカへのリベンジとして、カミラ自身は当時からのニックネームですべてのSNS活動を行っているが、本名で仕事をしていたユウカがまさかここまで馬鹿な真似をするとは思っていなかった。いや、自分もだ。このスキャンダル前の話とはいえ、炎上していたユウカのツイッターアカウントに実の姉だとわかる引用RTをしてしまった。

親としての自覚が足りなかった。馬鹿だった。

スキャンダル以降、嫌がらせのようなリプライやＤＭがカミラのアカウントにも殺到している。すべて読んでいるが、カミラ自身は何を言われても痛くも痒くもない。ただ、ヒデツグにまで被害が及ぶ可能性を考えると後悔してもし切れない。もしヒデツグが辛い思いをするようなことになったら、と想像するだけで心がズンと重くなる。

「……学校、大丈夫？」

恐る恐る、カミラは聞いた。

「ああ、体育以外はマスク必須なくらいで、あとはもう普通な感じだよ。２週間程度になるみたいだけど、夏休みもあるし。意外と通学に一時間半かかるのがキツいけど、慣れると思う」

ヒデツグが、クーラーの真下に立って冷たい風を顔にあてながら伸びをするように腕を伸ばしている。

「……あ、そう」

カミラは言葉に詰まり「なら良かった」とすぐに話を切り上げた。

神谷ユウカの甥であることが学校でバレていないのなら、それで良かった。わざわざこの件を話題にしたくなかったし、コロナについてはもっと話したくない。先日も、ワクチンについての話で揉めに揉めた。

クーラーの真下に立ったままのヒデツグが、顔をテレビのほうへと向けた。あとを追うように、カミラもテレビ画面を見る。

二日連続で300人台をキープしていた東京都の新型コロナウイルスの感染者数が、今日は200人台まで下がったことを報じている。このまま収束へと向かうのか、それとも冬がくれば流行り始めるインフルエンザと同時にコロナの第三波なるものがきて事態は最悪の方向へと転がり落ちるのか。

「ちょうど12月に出産を控えた妊婦としては、季節関係なく毎日とにかく予防が大事！　と思っています。インフルエンザもコロナも感染症というくくりでは同じになるので、手洗いうがいとマスク着用を強化することで、両者同時に予防することが可能です。希望を含めてではありますが、今年はインフルエンザの感染者数も去年より大幅に減るのではないかと思っています」

自身が妊婦であることをやたらとアピールするコメンテーターが、真顔で未来を予測するような意見を述べている。――原田カヨコ。へぇ。こいつだって本当のところはわからないくせに、とカミラは鼻白む。

テレビ画面にまっすぐな目線を向けているヒデツグの横顔に、父親の面影が重なって見える。地上波のニュースを全く信じず、すべてを陰謀だと捉えるヒデツグが今、何を考えているのかカミラには見当もつかない。でもそこも、父親に似ている。何を考えているのかがわからない、掴み所のない人だった。

あの人が死んでしまったことを、カミラは受け入れられずにいる。彼の妻が嘘をついているんじゃないか、と疑いたくなるほどに。ただ、毎月の養育費の支払いは止まったままで、その事実こそが彼がもうこの世にいない証拠に思えた。

妻であろうが止められまい。生きている限り、絶対に、何があっても払い続ける人だから。ヒデツグは、彼の子だ。父親がもしコロナで死んだのなら、ヒデツグもコロナにかかれば重症化するタイプなのではないか。体質に、遺伝のようなものもあるのではないか。そう考えるカミラは、ヒデツグになんとしてでもワクチンを受けてもらいたいと思っているが、ヒデツグは自分が受けないのは当然のこととして、カミラが受けることにまで猛反対の姿勢をとるのだった。

思い出すだけで頭がおかしくなりそうだが、ヒデツグは真顔で言ったのだ。開発されたという体《てい》でもうすぐ世に出回ることになるだろうワクチンには、液状に溶けて見えないほど小さなGPSが入っていて、ワクチンを打ったすべての人間がビル・ゲイツを筆頭とする〝黒幕〟たちに管理されることになるのだ、と。

息子とのあいだにいつの間にか開いていた大きな距離に、血の気が引いてゆく思いだった。でも、カミラはしっかりと言い返した。例えばこのソファの上にしかいない私なんかのGPS情報を、天下の金持ち集団が把握したところでどうなるのだ。そんなことが液状になるほど小さなGPSの開発費の割に合うとも思えない、お話にならない、と天を仰いで見せたのは、ヒデツグだった。

「あ、はい。私ごとではありますが、シングルのまま産もうと思っています」

――カヨコが突然宣言し、スタジオが沸いている。テレビに手を伸ばし、ヒデツグが主電源をプツリと消した。

「あ。ユウカちゃんのことだけど」

突然、ヒデツグが振り返る。

「言おうか迷ったんだけど、さっき、家の前に記者がいた」

「……え」

カミラの身体は、硬直する。ヒデツグはスタスタとテーブルのほうに歩き、上においてあった指定校バッグから何かを取り出して、またカミラのほうへと近づいてくる。

「これ渡されて。今日の夕刊らしいんだけど」

「……」

東スポ。中を開いてみるまでもなく、表紙に巨大な見出しが躍っている。

コロナブレイク俳優、萩原祭！

地下アイドルKをストーカーレイプ！

衝撃のライン公開！


「こいつ」

ヒデツグが低い声を出す。

「……」

カミラは、ユウカのものと思われる萩原とのライン履歴のカラー写真に目が釘付けになっている。名前の部分にはボカシが入っているものの、萩原祭のものと思われるアイコンがとにかく一方的にラインを送りつけている。ユウカは一言もラインを送り返していないのに、「きて」「早く」などの短い言葉が連続で送られてきていて、ところどころ「お前マジでウケるｗｗｗ」などと一人で会話をしているように見える箇所まである。

もし自分の送信を取り消していたら〈メッセージを取り消しました〉の文字が画面に残るはずなので、この画像が合成でない限り、萩原祭は独りよがりなラインを送り続けていたことになる。

いや、違う、とカミラは思う。ユウカの思惑どおり、これだけを見れば萩原祭が神谷ユウカのストーカーのように見える。

「……萩原とかいうサイコパス、殺してやりたいんだけど」

いつものヒデツグからは考えられないような言葉にぎょっとして視線を上げると、ヒデツグの目は怒りに満ちて潤んでいた。

「ユウカちゃん、ラインしても既読がつかないんだよ。ママも連絡してみてよ。ほんとに心配だよ。可哀想すぎる」

「……」

テレビは信じないのに、何故これは信じるのか。叔母のために目の縁を赤く染めている優しい息子のことが、カミラはますますよくわからない。

どう考えても、このラインのスクリーンショットはもちろん動画を流出させたのもユウカだし、レイプなど起きていない。萩原祭のことを追っていたのはユウカであり、萩原はハメられた側の被害者だ。でも、それをカミラが言ったところで、ヒデツグは最後までユウカの肩を持つだろう。ヒデツグと言い合う体力などないし、妹を信じない姉ということで自分がヒデツグに軽蔑されるのがオチだ。

「てか、うちまでくるとか、ありえない……」

カミラはヒデツグの目の前で、新聞をビリビリと引き裂いた。

「ヒデツグ、もしまた記者がきても絶対に何も言わないで。あと、こういうのも貰ったらダメだから。盗聴器とか仕掛けられてるかもしれないからね、ほんとこれはマジ」

「……ああ。そうか。うん。わかった。ユウカちゃんに戻ってきて欲しいと思ったけど、ここがバレてるんだから今のほうが安全なのかもしれないよね」

「今、どこにいるの？」

「なんか、信頼できる友達んちってのは聞いたけど、場所までは僕も知らないんだ」

「もしユウカから連絡があったら教えて。私よりあんたのほうにくるでしょ」

「……わかった」

フラフラと自分の部屋へと向かうヒデツグの背中を見て、マンションの前まできていたという記者に制服から学校を特定されたんじゃないかと一瞬思って怖くなった。

最悪だ。ユウカは何がしたいんだ。自爆したけりゃ勝手にすればいいけど、こっちまで巻き込むな。カミラは毛布を頭までかぶって背中からソファへと倒れ込む。疲れた。ひどい疲労感に、こめかみ辺りが痛かった。

弁護士の件で沼畑に連絡をしよう。今日こそしよう、と思ったそばから瞼が落ちる。きっと今日も連絡できずに日が暮れる。

インターフォンが鳴る音がして、自分がそのまま眠ってしまっていたことにカミラは気づく。部屋はすっかり暗く、壁につけられたエントランスの映像を映し出す四角いモニターだけが青白い光を放っている。再び鳴り出したインターフォンを無視してソファの上で寝返りを打つと、間を空けずにまたインターフォンが鳴る。胸騒ぎがして、眠気が一気に吹き飛んだ。

何事か、と自分の部屋からでてきたヒデツグがモニター画面を見るなりカミラのほうを振り返る。

「今日いた人だ。記者！」

「絶対でるな！」

カミラは立ち上がり、ソファの上にあるはずのスマホを捜し始める。

「ヒデツグ！　絶対でちゃダメ！」

ヒデツグに背を向けた状態で、スマホを捜し続けながらカミラはほとんど叫んでいる。

「部屋に戻ってなさい！　今、ちょうど知り合いに弁護士を紹介してもらうところだったから、だから大丈夫！　早く部屋に！」

インターフォンが、けたたましく鳴り響く。

☽

「まだいる。これじゃ外に出れないですよ」

朝から締め切っているカーテンを、少しだけめくって下を覗いたメガネが小声で呟く。明かりをつけずにいる部屋の中で唯一、青白い光を放っているテレビの前に体育座りしているユウカは、何も答えない。

「腹、減ったんだよな。減らないですか？　コンビニくらい行っても平気かな？　僕の顔はバレてないですよね？　あ、でも家がバレてるってことは名前はバレてるのかな？　どこからバレるんでしょうか、こういうの」

心ここにあらずのユウカの状態を知りながらも、メガネはボソボソと話しかける。

「なんでサイだけ」

テレビ画面を見つめながら、ユウカが独り言のように言う。

「高倉ナツと須藤ニシは陽性で、なんでサイだけ陰性だったんだ」

テレビの中では、初老の女性占い師が２０２０年を分析している。

「もしサイが陽性だったら、ボクもコロナに感染したはずなんだ。高倉ナツと須藤ニシとサイが会った日の翌日に、ボクはサイとセックスしたわけなんだから」

「……そしたら僕もですよ」

メガネの声は、ユウカには届かない。

「高倉と須藤は陰性で、サイだけが陽性で、そんでもってボクも陽性だったら、それが一番良かった。そしたら証拠になった。サイとボクが親密だった何よりの証拠になった」

「……もう、証拠は、十分じゃないですかね。ユウカンズのみんな、萩原祭の事務所のＨＰのサーバーまでダウンさせちゃいましたし、これ以上やるとちょっと……、いや、もう遅いかも、その、対事務所との裁判になったら勝ち目がない//」「別にいい。どうなったって」

メガネの声にかぶせて、テレビ画面を見つめたままユウカは言い切った。

「——これはすべての人に言えることです。そこが去年と違う一番のところ。すべての人が、これまでのやり方では通用しなくなる。人より先に、世界のほうが一気に変わったからです。それが2020年です」

占い師の声が、ユウカの脳に心地よく入り込む。

そう。そのとおりだ。ボクは今までの自分を破壊したかった。ボクをアイドルとして崇拝するユウカンズを爆破したかった。と、同時に刻みたかった。ボクのことを一生好きにはならない好きな男との恋とセックスが実在したことを、ボクなりの〝記憶の改ざん〟とともにデジタルタトゥーしたかった。

証拠と証人はセットなのだ。そして、証人の数は多ければ多いほど良い。一万人なら一万個。今ならきっと100万人は見ているだろう。100万個の脳に、萩原祭が神谷ユウカをストーカーした果てに襲ったことが〝本当にあった過去〟として刻まれる。メガネは大袈裟に反応しているけれど、こんな報道、来月には止んでいる。

芸能人のセックススキャンダルなんて、人々の暇つぶしの話題としてのみ消費され、光の速さで過去になる。でも、人は意外と忘れはしない。

死ぬまでそいつらは、ボクの恋の生き証人になってくれる。

ボクがあたためておいたサイとの証拠を数百万人という数の他人に見てもらったことで、この〝記憶の改ざん〟は、ボクだけのものではなくなるのだ。他人の記憶にまで同じカタチで残ることによって、内容なんてものはすり替わり、〝事実〟と呼ばれるものに限りなく近くなる。

ボクのことを狂ってしまうほどに好きで好きでたまらなかったのはサイのほうで、無理やり襲ってしまうほど、ボクとのセックスを渇望していたのだ。

そんなボクのこの理想に、個性などはない。これは推しを崇める者の多くが妄想する、一つの定番シチュエーションだ。

実際に推しているのは自分でも、妄想の中では、推しに自分を追わせるのだ。好き好きうるさい推しに対して、冷たい態度をとる自分。それでも強引に自分を求めてくる推し。推しに束縛される自分。あまりの執着に呆れながらも、最後は優しく理解してあげる側にいる自分。

いつだって手が届かない相手に手を伸ばしすぎてしまうから、構図が真逆の夢を見る。追って追って追って、それでも永遠に届かない。受け取り手が一生不在の肥大した想いの、葬り先。ゴールがわからないから、妄想の中でだけは推しに追われる自分を思い描いてなんとか自分を慰めて鼓舞して、死ぬまで追って追って追い続ける。

でもボクは、そうする代わりに、爆破した。ボクを推しとして崇めるユウカンズとボクの永遠に届かぬ恋を、一気に同時に破壊テロ。

自殺みたいなもんだ。消すことで、どちらからも自由になりたかった。いや、これは他殺か。

頭の中の自分の声に集中しながら流し見していたテレビ画面の上に、突然「速報」の文字が流れ込む。

「コロナ陽性を発表したばかりの高倉ナツさん（24）急死」

ユウカは目を、見開いた。カーテンの隙間を覗き込んでいるメガネを呼びたいが、声が出ない。

ユウカはテレビに腕を伸ばし、リアルタイムで情報が入る生放送を求めてチャンネルを変える。

「ただいま、続報が入りました」

男性アナウンサーが、緊迫した様子で声をかすかに震わせている。

「先ほど、女優の高倉ナツさん24歳が急死したとの情報をお伝えしたばかりですが、同じ事務所所属のタレント、舘マイカさん28歳も同じ渋谷区内のホテルで急死したとの続報が入りました。

なお、高倉ナツさんはコロナ陽性を発表したばかりでしたが、自覚症状はほとんどなく症状は安定していたため、死因はコロナではないと見られています。

二人は心肺停止の状態で発見され、搬送先の病院で死亡が確認されたとのことです。なお、現場には遺書のようなものが見つかっており、警視庁は自殺の可能性が高いとして調査をすすめているとのことです」

何が起きているのか理解するのに時間がかかった。気づいた時にはメガネが隣にいて、同じような姿勢でテレビ画面を凝視している。自殺の連鎖を防ぐために「いのちの電話」の番号が画面下に表示されている。

指先が、冷たくなっていくような感覚の中にボクはいる。

だって、〝記憶の改ざん〟。それは、カミラの癖だから。

カミラが改ざんした記憶の主犯は、舘マイカ。因縁コラボという文字と共に彼女の名前をハッシュタグした、ボクのツイート。

このタイミングでの舘マイカの死はカルマなのか、と怖くもなってくる。

舘マイカの指示で数人の男に輪姦されたカミラは、全治1ヶ月の重傷を負った。肋骨と足の骨が数ヶ所折れて、入院していたのだ。ボクはほぼ毎日見舞いに行った。それが事実だ。

それでも、カミラは覚えていないのだ。否、覚えていないのではなくて、当時の記憶を自力で全く別のものへとすり替えた。

「舘マイカ！　私の名前は神谷ラン。カミラだ、テメェぜってぇ忘れんなよ！　覚えてろ！」

唯一、カミラの記憶の中にも残っているこのセリフだけは本当だ。病院の屋上で携帯越しにカミラは確かにそう泣き叫んだ。その時、車椅子を押していたのはボクだ。忘れるわけがない。

……吐きそう。そう思った瞬間、身体の力が抜けて視界がグワンと歪んだ。

「ユウカさん！　ユウカさん！　大丈夫？　大丈夫ですか⁉」

メガネの声がする。メガネが必死にボクの背中をさすっている。息が、息ができない。苦しくて、苦しくて、倒れ込んだ床に爪を立てる。が、呼吸の仕方がわからない。

「うおおおおおおおおおおおッ」

泣き叫んでいるのはメガネだった。もだえ苦しむユウカを抱きしめながら、メガネが大きな声をあげる。

「逃げよう、逃げましょう！　ユウカさん！　もうここを出よう！　東京を出ましょう！」

やっとの思いでユウカは鼻から息を吸う。口に溜まった唾液が明らかに間違った気管に入り込む。あまりの苦しさに、嘔吐しているかのような声をあげて激しく咳き込むユウカの背中を、メガネが泣きながらさすり続ける。

「僕が、僕が、なんとかするから。僕になんとかさせてくださいよ、ユウカさん。逃げよう。もう、逃げましょう。二人でどこかに行こう。僕が、僕が、僕が」

自分の唾液を喉に詰まらせたユウカが、床に盛大に嘔吐した。呼吸のペースをなんとか取り戻すと、口についた嘔吐物を拭いながら「……竹永《たけなが》」震える声で、ユウカはメガネの名を呼んだ。

「竹永、ありがと、ね……」

声をあげて泣きながら、竹永が床に倒れ込む。細い銀フレームのメガネが外れ、ユウカの嘔吐物の近くに落ちる。額を床につけて伏せたまま、丸い背中をさらに丸めて竹永が声を絞り出す。

「……ユウカさんのこと、もう絶対に大丈夫な場所に連れて行きますからぁ。だからもう、だからもう、そんなに自分のことを傷つけないで、もうそんなに傷つけないでくださいよぉぉ！　お願いだからぁぁぁ!!」


「お願いがあるんだ、ママ、起きて」

深夜のリビングに入ってきたヒデツグが、ソファで寝ていたカミラの体を揺すっている。

「どうしても言いたいことがあるんだ」

「……なに」

瞼をこすって目を開けると、ヒデツグが泣いている。

「ママには、どうしても、どうしても死なないで欲しいんだ」

寝起きで朦朧とする意識の中で、カミラは不思議な気持ちでヒデツグを眺めた。目の前にあるのは、昼に会話をした中学生の息子ではなく、もっともっと幼い頃によく見た息子の泣き顔だった。

「僕を、僕を、ひとりにしないで欲しいんだ」

そう、この顔。ヒデツグは眉間にしわを寄せて、まるでこの世の終わりかのような顔をして泣く赤子だった。カミラは思わず腕を伸ばして、ヒデツグの柔らかな頬に触れる。涙で濡れていて、体温は高い。

「どうしたの……」聞きながらも、察しはついた。

カミラの手から頬を真下に落とすようにして、ヒデツグはその場にしゃがみ込む。そして、体を小さく丸めて子どものように啜り泣く。

昨夜、舘マイカが死んだ。高倉ナツという女優と一緒に。

ヒデツグは、まさか自分の母親と舘マイカが10代の頃につながっていたとは思ってもいないだろうが、ユウカのツイッターは見ているだろう。スキャンダルを起こす直前に、ユウカは萩原祭と舘マイカの名前をセットでハッシュタグをつけてツイートしていた。しかも、「因縁コラボ」だと言いながら。今となっては、こんなのまるでデスノート。

萩原祭は芸能界から堕ち、舘マイカはこの世から堕ちたのだ。

前者はユウカの手によるものだが、いくらなんでも後者の件とは関係がないと信じたい。でも、あまりに不吉で、おぞましいような怖さをカミラ自身も感じている。何も知らないヒデツグだって、突然の死のニュースを自分の近くに感じて怖くなる心理は自然なこととして想像ができた。

「……ママも、死んじゃうんじゃないかって」

カミラは、ヒデツグの背中に手をあてる。

「ママは、そういう世界では生きていないよ。だから大丈夫なんだよ」

「……うぅ」

泣いている息子は、怖い夢を見たのかもしれない。そう。ヒデツグにとっては、眠っているときに見る夢と同じくらい遠い世界のはなしなのだ。そうでなくてはならない。あんな場所に、カミラは息子を決して近づけない。強く思いながら、カミラはヒデツグの背中を優しくさする。

そういう世界。自殺か、他殺か。舘マイカ。どちらの結末になってもおかしくないギリギリの世界に生きていた女だということを、カミラはよく知っている。舘マイカだけではない。10代の頃の知り合いの中には、自殺か他殺かのグレーゾーンの中で命を落としていった者が男女問わず少なくない。

人づてに悲報を耳にしたその一瞬だけ驚きはするものの、ああそうか、とその結果そのものには驚きがないことを思い出し直すのが常だった。

舘マイカが年齢を詐称してグラビアアイドルをやっていたことも知っていた。大嫌いな女だった。でも別に、死を望んでいたわけでもない。

ヒデツグの背中を、カミラはさすり続ける。昔、夜泣きが激しかった頃の小さな背中にしたのと同じように、あの頃より随分と大きく逞しくなった、でも全く同じように愛おしい背中をカミラは上下にさすり続ける。

「ママは死なないよ。これは、私の命じゃないからね。死ぬわけないじゃん」

「……よくわかんないよ、それ」

「命って、自分のものじゃなくて、自分のことを愛している人のもんなんだって。愛されちゃったら、いや、違うな。愛し合っちゃったら、もう自分が自分のもんじゃなくなるんだよ。私は、あんたを産んだ瞬間、命の所有者は自分からあんたに変わったって感じ」

「……」ヒデツグはしゃくり上げるように泣いて、その背中を震わせる。

「あのさ、私、昔大怪我してさ。子ども、産めないかもって言われてたんだよね、医者に。でも、産めた。それ、奇跡なんだよね。だから私は、あんたのもんだよ。どこにもいかない。いくわけないじゃん」

「……それは初めて聞いた」

カミラはヒデツグの背中から手を離し、「そりゃ、初めて言ったからね」と軽く笑って続けた。

「私はあんたを一人にしないよ。でも、あんたが大人になったら、その時は別に、私を一人にしてもいいんだよ。それが親と子の違い」

ヒデツグは顔をあげ、涙を手で拭ってカミラをまっすぐ見た。

「しないよ。僕は、一人で育ててくれた母親を一人にしたりしない」

「十分だよ、大人になるまで一緒にいてくれれば。でも、安心してよ。あんたが自立したって、私は死なないよ。あんたが生きてる限り生きるから、あんたこそ生きて。あんたが死んだら、その後はまた私の命は私のもんになる。それをどうしようが私の勝手だよ」

「なんだよそれ」

「私に生きていて欲しいなら、あんたが死なないことだね」

「なんで僕が死ぬんだよ。一ミリも死にたくなんかないよ」

「良かった。なら、良かった。その一言でもう私は完全に大丈夫だわ」

言いながら、この数ヶ月間のモヤが晴れてゆくのをカミラは感じていた。ずっと見当たらなかった気力のようなものが、また身体の奥から込み上げてくる。

「ごめんね。泣いて。ダサくて。弱くて。僕、もっと強くなるから」

「いやいや、私、強いんだよ。あと、あんたは男だから、多分それは無理だ」

すっかり元気を取り戻しつつあるカミラがケロッと言う。

「え？」

「性別的に、男が私より強くなることは無理だと思うんだよね」

「なんだよそれ、普通は逆だろ」

泣いた顔をしたヒデツグが歯を見せて笑った。カミラは、息子のこの顔がとても好きだと改めて思う。

「いつかわかるよ。あんたは父親に似てるから。もしいつか子どもができるとしたら、その時はきっと、ヒデツグよりもずっとずっと強い女に子どもを産んでもらうことになるはずだ。本能的な嗅覚がきく男ってのはね、そうしがちなんだよ。いや、男より弱い女がこの世にいるとも思えないけどね」

「ママは、思い込みが激しいんだ。でも、きっとその思い込みがママを強くしてるんだ。だから、悪いことじゃないね。見習うよ。僕も強くなる。もっと勉強するし、ママを守れるくらい稼げるようにもなるんだ、絶対に」

カミラの目の前にいるのは、すっかり中学生になったいつものヒデツグだった。でも、子どもの頃から悔しい時にしていたのと同じ表情で、下唇を前歯で噛んでいる。その愛おしい面影に、抱きしめたくなったが、カミラはそうする代わりにヒデツグの肩をバン！ と叩く。

「私じゃなくて、好きな女を守れよ。マザコンか、て！」

「うるさいよ！」

ヒデツグは笑ってカミラの手をはね除ける。

「アハハ」とカミラも一緒に笑う。

「でも、良かった。ママがいつものママに戻った感じがする」

そこまで言うと、ヒデッグはカミラからパッと目線をそらして、少し言いづらそうに続けた。

「……実は、ママもしかしたら鬱なんじゃないかって、ここんとこ思ってた」

「あー、大丈夫。もう大丈夫だわ。早く寝て！」

カミラはヒデッグを自室へと促すようにドアのほうに背中を押しながら歩き、その足でリビングの明かりをつけた。

まずは、洗濯もせずに使い続けていたピンクの毛布をゴミ袋の中へと突っ込んだ。夜が明ける前に、この散らかった部屋を片付ける。日が昇ったら、弁護士の件で沼畑に連絡をする。

ヒデッグに割り当てられるべき父親の遺産が少なからずあるはずだ。賢く生まれたヒデッグの可能性を最大限に活かせるだけの教育を、カミラは必ず与えてみせる。まっとうな世界で生きていけるだけの財力を、カミラは必ず摑んでみせる。

命の所有権と引き換えに、私は息子に使命をもらった。しばらく失っていた活力が、再び体の隅々にまでみなぎってくるのを感じている。

TOKYO.

Chapter 12.

こころの健康相談統一ダイヤル

0570-064-556

顔面に当てられた真っ白な照明が、カヨコの瞳孔を開く。放送開始時刻の21時を少しすぎたばかりのスタジオ内には、生放送中独特の緊張感が張り詰める。

「10月10日、本日の夕刊一覧です」

スタジオの中央に立っている男性アナウンサーが、パネルにズラリと貼られた新聞記事の一つを読み上げる。彼を囲むようなくの字形に作られたテーブルに、一定の間隔をあけて四人のコメンテーターが並んでいる。

「日本世論調査会が実施した調査で〝日本の景気が悪くなっている〟〝どちらかといえば悪くなっている〟とみている人が合計で95%に達していることが10日わかった。コロナ禍での失業不安を抱いている人も51%という数字が出た――という記事ですが、原田カヨコさんいかがですか?」

一番端に座るカヨコにカメラが寄る。

「失業に関しては、次もまたこの席に呼んでもらえるか不安なわたしも、全く他人事ではないです。ソーシャルディスタンスの関係で、番組に呼ばれるコメンテーターの人数が減っているのは視聴者の皆さんの目にも明確かと……」

意見を求められたカヨコが眉を八の字にして話し始めると、スタジオから軽く笑いが起きた。手応えを感じたことに微笑んでから、真顔になってカヨコは続ける。

「わたしが言いたいのは、メディアに出ている側と視聴者の間には差があると思われがちですが、実際はそうでもないということ。例えば、芸能人の自死のニュースが続いていますが、それも芸能界に限った話ではなく、自殺者が去年の8月よりも15・7%増えているという数字が出ています」

スタジオ入りする前に調べてきた数字を適所で使うことができたことにホッとしながら、カヨコは手短にコメントをしめる。

「ははぁ、なるほど。緊急事態宣言からちょうど半年がたった今、当時の変化の結果みたいなものが顕著に数字に出はじめているとも言えますね」と、男性アナウンサーは深く頷いてみせてから、次の記事へと移行した。

確かに、あれから半年――。

スタジオの注目が自分から外れた安堵感の中で、カヨコはテーブルの下で大きく膨らむ腹にそっと触れた。すると、内側から胎児にその手を蹴り返された。ずっと静かだったのに、今、起きたの？　生放送中にもかかわらず、カヨコは思わず微笑んでしまう。

胎動を感じるようになってから、まだ見ぬ我が子に対する愛おしさが日に日に大きくなっている。なんとか無事に、妊娠後期へと突入した。

一緒に、頑張ろうね。心の中で話しかけてから、アクリル板を挟んで隣の席に座る高橋瑛里子のコメントにカヨコは意識を集中させる。話題は、過去に浪人生差別があったとされる医学部入試の件へと流れていた。

双子の母で、現役の医者である高橋瑛里子は番組の火曜レギュラーの座についていた。カヨコ自身はまだ、そこまで確立した立場をこの番組内でさえも築けていない。焦りが緊張感を連れてくる。いつまた意見を求められるかわからないので、カヨコは頭の中で自分の言葉を組み立て始めた。

「お疲れ様でしたぁ！　いやぁ、視聴者の目線を意識したコメント素晴らしかったですよ！」

生放送後、出演者全員で番組ホームページ用の写真を撮り終えたところでプロデューサーに声をかけられた。

「良かったです。リストラされないようにわたしも頑張りますので、こちらこそよろしくお願いいたします」

冗談を交えて答えながらも、本音だった。集合写真を撮る時も、妊婦のカヨコを真ん中に囲むようにして――ソーシャルディスタンスは保ちながらも、出演者全員が笑顔でカヨコのお腹をアピールするようなポーズをとってくれた。嬉しかった。ここに居場所を得ている気持ちになった。それに、2時間の生放送でギャランティは10万円。今、この仕事を失うわけにはいかない。

「いえいえ、こちらとしても期待しています。ご出産後も、シンママ枠で等身大のご意見をどうぞよろしくお願いします！」

プロデューサーは明るい笑顔でそう言うと、楽屋に向かう高橋瑛里子の後を追うようにして去っていった。

――シンママ枠。カヨコは言われたばかりの言葉を頭の中で反復した。悪気がないのはわかるが、腹が立った。自身と同じ医者を夫に持つ高橋と比較されたような気持ちになったのもあった。でも、2ヶ月前の生放送で、シングルで母親になることを勝手に宣言したのは自分なのだ。そして、その放送がネットニュースなどでも話題になったことで、以前は月に1、2回しか呼んでもらえなかった番組に毎週のように呼ばれるようになった。つまり、その枠は自ら目指したものでもあるわけだが、他人に気軽に略して呼ばれると馬鹿にされたような気分になった。

まぁ、いい。

すぐにそうカヨコは思い直す。今味わったばかりの不快感もブログのネタになる。言われた相手を特定できるようには書かないが、このような違和感はそれこそ多くの女性が経験することだろう。

未婚の母という新たな肩書きを得たことで、カヨコのブログアクセス数は数ヶ月前とは比べものにならない勢いで伸びているのだ。人気を集めるのに、高齢出産というのも良かったのだとカヨコは思っている。

出産高齢化の今の時代と合っているし、人々は恵まれた環境を生きる著名人よりも自分以上に苦労している同性の話を好むのだ。その証拠に、ママカテゴリーのブログアクセス数でついに先日、高橋瑛里子をランキングで追い抜いた。

来年、出産後のブログの書籍化を狙っている。ターゲットは、既婚・高齢出産の女性たち。自分自身は未婚のほうが稼げる、という読みが当たった手応えをカヨコは既に感じ始めている。

シングルマザー枠。

他人に言われると苛立つが、自分が狙っている椅子は確かにそこなのだ。それは、元政治家の端くれで大した知名度も持っていないカヨコが、この業界の端っこで生き残ってゆくために必須なカード。そう。タツジと別れたことは、やっぱり正しい道しるべ。

振り返った時に、あの時に別れを選択したことがきっかけで人生が大きく開けたのだと思えるような――ただの点ではなく、人生を好転させた大きな分岐点になるような――そんな未来を、これから必ず作っていかなくてはいけないのだとカヨコは改めて強く思う。

テレビ局を出ると、冷たい夜の空気が上気したカヨコの頬を撫でた。台風に掻き消されるように猛暑が過ぎ、秋を感じたのもつかの間、外はすっかり冬の匂いがする。本来の予定ならば今頃、フランスで挙式をしているはずだった。――しかしすべてが、嘘だった。

もしわたしが妊娠せず、あのまま関係が進んでいたら今頃タツジはどうするつもりだったのだろう。考えたくもないのに、それでも時々考えてしまう。そして、その度に心がささくれ立つような不快感に襲われる。

わたしはずっと、騙されていたのだろうか。タツジがポンポン口にしていたどこまでも〝美味い話〟に簡単に騙されて。そこまで愚かな女なのだろうか、私は。否、私は、愚かだったのかもしれない。過去形だ。

タツジと出会ったのは、去年の今頃。婚活アプリでマッチした。私は猛烈に、子どもが欲しかった。年齢的に、子どもを共に持てる相手と真剣な関係を築くことに対する焦りがあった。否、焦りの塊だったように思う。——思い出す。

女性としてはもちろん、あなたに人としても憧れる。あなたのような女性と子どもを持つことができたら、それは僕の人生の中で一番の幸運。あなたのことがなぜかすべてわかるように思える。出会ったばかりだけど、そう思えるから一緒にいると落ち着く。年齢的な妊娠への不安も理解ができるから、そうあなたが望むなら、妊娠してからの入籍でも僕は構わない。

すべてあなたのしたいようにしよう。そもそも僕はナンバーツーに向いているタイプ。仕事でもそうだ。今の社長の右腕でいることが天職だと思っている。決定よりも、信頼できるボスが判断したことに、誠心誠意応じることが得意なんだ。政治家タイプのあなたとの相性は、抜群だと思うな。

ただ、一つだけ僕が決めたいことがある。結婚式は、フランスにしよう。好きな教会があってね。憧れてるんだ。うん。もちろん、いいよ。あなたが呼びたいと思わないご両親なら、僕だってそこにいて欲しいとは思わない。僕も友達が多くないほうでね。二人きりでもいい。ああ、気が合うね。なら、決まりだね。

そうだね。避妊はせずに、愛し合おう。きっとできるさ。そんな気がする。カヨコ、愛してる。あなたのことが、なぜか僕にはよくわかる。

出会った当時、39歳。ベンチャースタートから上場したコンサル会社のナンバーツー。立ち上げからガムシャラに仕事ばかりしてきたから婚期を逃してしまったけど、実は子どもの頃から結婚願望が強いんだ、と初めてのデートで恥ずかしそうに告げてきた。婚活アプリに記載されていた年収は、1千5百万円以上。

もし、これでタツジが女性慣れしたタイプだったなら、カヨコも警戒したかもしれない。しかしタツジは背が低く、顔立ちは悪くはないが、とにかくスーツの着こなし一つをとっても垢抜けない男だった。アプリのチャットでライン交換した直後から、しつこいくらいの連絡頻度に、ハートマークの連打。これではモテないだろうと呆れながらも、当時のカヨコにはそれが逆に作用した。好感を持った。信じてしまった。

婚約し、カヨコの部屋にタツジが転がり込むかたちで同棲を開始してからも、タツジは家賃も生活費も全額負担してくれていた。仕事のことも含めて、カヨコはずっと信じていた。

でも、見てしまった。自宅に置かれたままになっていたタツジのノートパソコン。ふと魔が差して中を覗いて見たのだが、今思うとそれも別れの理由を探し出そうとしての行動だったように思う。

ずいぶんとマメに、タツジは複数の女にメールを送っていた。ただ、浮気をした証拠になるような内容のものはなく、女たちにほとんど相手にされていなかったこともカヨコを心底げんなりさせた。

女に対するだらしなさ以上に驚いたのは、コロナ禍になる数ヶ月前からタツジが失業していたことだ。しかも、社長と共に二人三脚で立ち上げた会社だと聞いていたのに、タツジの仕事は社長の専属ドライバーだった。失業と言ってもほとんどクビにされたようなもので、その理由が記された社長からのメールもあった。

虚言癖。精神科への通院まで勧められていた。

仕事に行くと言いながら家を出て、初めの頃は転職活動のようなものをしていた形跡もあったがすぐにそれもなくなり、タツジはただひたすらあちこちの女にハートマークのついたラインを送り続けていた。

そして、それら以上にカヨコに衝撃を与えたものまで見つかった。

「妊活に協力的な旦那さま、いえ、婚約者さま。とても羨ましいです。さぞかし器の大きな男性なんでしょうね!!」

カヨコのブログへの匿名を装ったコメントだった。読んだことのあるものだった。まさか、まさかタツジが書いていたなんて、当たり前だけど疑ってみたことすらなかった。背筋が凍りつくような思いがした。

コメント欄には「いつか婚約者さまのお写真も見たいです。イケメンなんだろうな〜って妄想しています」という未送信のメッセージまで残っていて、カヨコはゾッとした。

存在そのものが薄気味悪く感じられた。タツジを生理的に受け付けなくなった。

「すべて見ました。聞いていた話とすべて違います。詐欺罪にあたることです。訴えるつもりはないので、その代わりに別れてください。今後、一切わたしに関わらないでください。近づいたら訴えます」

タツジのパソコンの写真を撮ってラインに添えた。

すぐに既読がついて、その瞬間がわたしたちの終わりだった。

その後――もう1ヶ月が経つが、タツジからの連絡は一切ない。

詐欺罪、という言葉をカヨコは出したが、同棲してからの家賃はすべてタツジが払っていたし、金をせびられたことも一度もない。嘘を重ねることでタツジが唯一欲したのは、カヨコからの愛情だった。

少なくとも、カヨコはそう思っていた。これから子どもが生まれるというのに自分だけが未来から弾き出される。自業自得とはいえ、子どもの親権を主張する権利をタツジは持っている。もしかしたら弁護士をつけてくるかもしれない。長い戦いになるかもしれない。どちらにせよ、タツジからのしつこいくらいの連絡を覚悟していたので、カヨコは拍子抜けしてしまった。その意外な事態にカヨコは最も傷ついた。胸にあいた穴が日に日に広がっていって、気を抜けば全身が空洞化してしまいそうだった。

あまりにもあっけなく、カヨコは一人になった。

否、二人。だからこそ、カヨコは壊れるわけにはいかなかった。意地でも、なんとしてでも、心と身体の健康を維持して前を向く必要に迫られた。

相当なダメージを受けたことは確かだが、タツジに対する未練は皆無だ。自分が父親を嫌悪しているからなのか、子どもの人生に父親という存在がいないことが哀れなことにあたるとはカヨコには全く思えない。

出産予定日は奇しくもクリスマス。12月25日までコロナに感染することなく、仕事を続けて金を稼ぐことだけに集中する。

タツジはカヨコに欲しいものをくれた。38歳。なるべくしてこうなった。カヨコは今日もまた自分にそう言い聞かせ、テレビ局の前で停車していたタクシーに乗り込んだ。

大きな腹をかばうように座席に深く腰掛けると、目の前の液晶画面に「こころの健康相談統一ダイヤル　0570-064-556」と映し出されている。

「もし悩みを抱えていたら、もし周りに悩みのある人がいたら、相談してみませんか」

メッセージへと切り替わった画面を見つめながら、

「富ヶ谷の交差点まで」

運転手にそう告げて、カヨコは発車したタクシーから窓の外を見る。あの子のことを思い出していたら、東京タワーがオレンジ色に光っている。

お元気ですか？　わたしは元気です。

持ちこたえていますか？　わたしはなんとか保っています。

スマホを開いて文字を打ち込むことはしないが、心の中であの子に話しかける。

明かりのついていることがなくなった部屋に一人で帰宅するたび、何故かカヨコは、オレンジ色のランプシェイドの女の子のことを思い出している。

相談アプリで初めてあの子のアイコンを見つけた夜、寝静まったタツジの背中に隠れてスマホの青白い光を見つめていた。カヨコはその時間が、好きだった。安心できる場所で、悩める他人の心の声と対話することがとても好きだった。

子どもに、悩みを打ち明けてもらえるような母親になりたい。

カヨコは腹に手をあてる。東京タワーのオレンジ色が、潤んだ目にどこまでも眩しく見えてくる。

☽

東京タワーが見えるタワーマンションの一室で、新垣は5缶目のビールに手を伸ばす。新垣の目に、東京タワーは映っていない。窓の外のタワーを見ているであろう萩原祭の後ろ姿を視界の端に捉えながら、神谷ユウカを起訴しようとしない萩原に今にも投げつけてしまいそうな暴言を、なんとかビールで喉の奥へと流し込む。

神谷ユウカが残している意味深なツイートを証拠の一つに、彼女の言い分を覆す刑事裁判を起こせば十分に勝ち目があると弁護士が言ったのだ。

スキャンダル直後は萩原への猛バッシングの嵐だったが、次第に神谷ユウカのツイッターでの匂わせを疑問視する声が上がり始め、「あれはハニートラップだったのではないか」という意見をネットでチラチラと目にするようにまでなってきた。

起訴するなら、今だった。

すでに炎上自体が落ち着いているので、裁判を起こすことでスキャンダルを蒸し返してしまうことにはなるが、事務所としては今すぐにでも名誉毀損罪で神谷ユウカを訴えたいと思っている。

事務所だけじゃない、新垣自身も一番にそれを望んでいる。

神谷ユウカ逮捕！　萩原の汚名を返上するには、スポーツ新聞にズラリと並ぶ巨大見出しのインパクト。それしかない。新垣は確信している。それなのに、萩原は裁判に対してイエスと言わない。頑なに拒むのだ。

せっかく大ブレイク寸前まで行ったのに、ここで強姦魔のレッテルを貼られたまま俳優生命を終わらせるつもりなのか。馬鹿なのだろうか。それとも、神谷ユウカの言い分のほうが正しくて、萩原祭に騙されているのは私なのだろうか。

新垣は、頭が爆発しそうだった。

「家、いつ帰れそうですかね？」

萩原が、窓の外を見つめたまま小さく呟いた。

「え？」

人の気も知らないで、

「流石に、もう報道陣もいないと思うんすよね……」

何を言っているんだ、こいつは。

今にも萩原を怒鳴りつけてしまいそうで、新垣は必死で怒りを抑えている。

「……もちろん、感謝しています。こんなふうに守ってもらって。でも……」

8月にコロナのＰＣＲ検査を受けた直後に連れてこられたまま、事務所が所有するこの１Ｋのマンションの中に萩原は身をひそめている。

「もう10月ですよ？　２ヶ月以上ここにいて、オレ、もうちょっと限界きてて……」

確かに、ほとんど監禁されているような状態ではある。実際に新垣は、事務所の社長から萩原を見守るように言われている。明確に言葉にされたわけではないが、萩原が自殺をしないように、メンタル面をケアするという意味も含めて見張れということだ。

世間の誹謗中傷が萩原に集中していた時期に、高倉ナツと舘マイカが共に自殺したニュースがその火を消すかのようにかぶさった。高倉ナツとはオンライン舞台で、舘マイカとはラジオで共演したばかりだったことから、そもそも炎上中だった萩原に注目そのものはさらなる火の粉を落としたが、内容が内容だったことで炎上そのものは鎮静化されていった。

若い二人の突然の死には当然新垣もショックを受けた。が、萩原は憔悴しきっていた。一日に最低でも2度はこの部屋にきて食料を届けたが、ニュースの直後は声もかけられないほどだった。差し入れる弁当にも手をつけない日々が続いたので、電子コンロが一つしかないこの部屋の小さなキッチンでカレーや炒飯を作ってあげることもあった。が、映画の降板をはじめとする各所対応に追われて新垣自身も睡眠時間が取れないほどに忙しかった。

「……新垣さん、聞いてます？」

萩原が振り返る。また痩せた、とまず思う。頬がこけていて、髪も髭も伸び、演者としての輝きはすっかり影を潜めている。それでも、萩原祭は新垣にとってはスターであり、何に代えても守りたい存在だった。

優しい声を出すことを決めてから、新垣はゆっくりと話し始める。

「……私は、萩原くんを信じています。だから、もう少ししたら家に戻ってもいいと思っています。ただね、色々と理解に苦しむの。どうして神谷ユウカをかばうの？　男女間のこじれで恨みがあったとしても、リベンジポルノは立派な犯罪なの。週刊誌に売ったラインのスクリーンショットも含めて。名誉毀損罪が十分に適用される。それに」

「もう、いいんですよね」

新垣の話を遮って、萩原が言う。

「もう、本当にいい。蒸し返したくないし、もう、どうでもいい」

「どうでもいい⁉」

声が裏返り、まるで悲鳴のように響いてしまった。

「辞めるの⁉」

自分を落ち着かせようと努めるが、それでも大きな声が出てしまう。

「ここで投げ出すの⁉」

鬼のような顔をした新垣に、萩原は面食らう。逃げたい。そう思う。

「……いや。役者は辞めないすけど」

「じゃあ、何を辞めるの」

言いながら新垣は気づいた。萩原は、事務所を辞めようとしている。焦りと怒りで、気がおかしくなりそうだった。新垣は両手で顔面を覆い、深呼吸をしてから必死で落ち着いた声を出す。

「あの、ね。萩原くんが撮影中だった映画。降板した後、代役を再キャスティングして撮影し直したのはわかってるよね。何千万じゃ利かない金額をうちが払ったのね。意味、わかるよね？」

目の前で、萩原が深いため息をつく。引っ叩いてやりたいくらいの怒りが込み上げて、新垣は自分の顔から離した両手を胸の前で握りしめる。

「わかりますよ。なんか、今の新垣さんは取り立て屋みたいっすね」

「……取り立て屋⁉」

身体も声も震えていた。限界だった。新垣は泣いている。

「払いますよ。時間かかっちゃうと思うけど。でも、もう辞めます」

「ちょっと待ってよ。簡単に言うけど、ちょっと、ちょっと待ちなさいよ」

真っ赤な目をした新垣に正面から両腕を摑まれて、萩原は静かに目を閉じた。そうしないと、泣いてしまいそうだった。ここ数ヶ月の間に起きたすべてが現実であることを受け止めるだけでも耐えられないほどに苦痛で、その上に今のこの状況。限界を超えていた。

「……いや、オレ、色々考えちゃって。芸能界。ほんと色々。他殺かなって。オレはですけど、本当そう思うんすよね」

「何の話をしているの？　高倉さんと舘さんのこと？　それで萩原くんがうちを辞めるの？　全くよくわからない」

「うちとナツんとこの事務所は違うじゃないですか。うちはクリーンで、あっちは明らかにヤバいとこっすよね。で、二極化してるとこあるじゃないですか。もちろん一周回ってどっちもヤクザとつながってはいるんでしょうけど。なんだろ。ずっとここにいて、本当に色々考えちゃったんですよね」

「……」

新垣は、萩原の腕から手を離し、泣きながら話す萩原をまっすぐに見つめる。混乱するのも当然なことが起きたのだ。彼は傷ついている。それでも事務所を辞められては困るのだ。どう説得しようと、新垣は考えている。

「で、オレ、思い出した言葉があって。それこそここ最近、ずっと考えてたことなんですけど。神谷ユウカが出会った夜に言ってたことなんですけど」

「……」

「自分は事務所には入らないで、地下でアイドルやるって。その時はよくわからなかったけど、それって結局、自分の見た目レベルを客観視した賢い選択をしているってことで。あとはそういうやり方こそが今の時代の流れっていうか」

「……」

目の前の萩原は、もう泣いていない。新垣が初めて萩原をドラマで見た時と同じ、尖った眼光を放っている。新垣は考えている。どうしたら、この男の子のそばに居続けることができるかを。

「だから、古いんですよ。オレら」

「オレら？」

新垣はその言葉に食らいつく。そう。私とあなたはセット。二人三脚で大ブレイクまでこぎつけた。萩原自身もそう思っていてくれたことに、さっきとは違う種類の熱い涙が込み上げる。

「いや、オレらっていうか、昔からの芸能事務所ありきの芸能界のシステムそのものが。芸能界の二極化って要は、スカウトされて、上層部から頭を下げる勢いで頼み込まれて芸能界入りする選ばれた人間と、自ら二流芸能事務所に、頭を下げて頼み込んで、服を脱ぐことすら条件にギリギリ芸能界入りする人間に分かれてる。いや、分かれていた」

新垣は涙を拭い、萩原の言葉に頷いてみせる。

「うん。確か、さんまさんだったかな？　芸能界はスカウトされて入るところだって名言があったことを思い出した。確かに、それも一理あると私も思いますよ。芸能に必要なのは、外見も含めたある意味特殊な能力だから。ギリギリ入っても食い物にされるだけだから。でも萩原くんには」

「オレは、中途半端なんですよ」

才能がある、と言い切ってくれるだろう新垣の言葉を聞きたくなかった。俳優として中途半端どころか、実際今の萩原祭に対する世間の評価は、人間としての底辺、カスの部類。

「だって実際、食い物にされかけたわけだし。代表作があるわけでもない。いや、それどころかコロナブレイク俳優って、マジで最悪ですよ。だからオレ1から自力でやってみようって思ってて」

「誰⁉」

新垣はまた叫んでいた。

「え？」

怒ったり泣いたり頷いたり、コロコロと表情を変える新垣に萩原は恐怖を感じている。自分のせいであることはわかっているけれど、情緒が完全に乱れている。

「裏で誰かに誘われているんでしょ？　どこの事務所なの？　言いなさい！」

また、さっきよりも強い力で両腕を摑まれた。

「え、事務所とかじゃないっす」

本当のことを言っているのに、新垣は何かに取り憑かれたかのような顔をして迫ってくる。

「嘘をついても無駄！　引き抜きは、あんたが思っている以上に事務所同士のご法度なの！　あんたが想像している以上のおおごとになる。戦争になる！　今ならまだ私のところで話をつけられる。どこなの？　言いなさい！」

「…痛いって！」萩原は新垣の手を振り払う。

「事務所の引き抜きとかじゃない！　芸能界からは一度身を引きたい。つか、違うな。弾き出されたのはオレだった。居場所、もうないっすよ地上波には！」

怒鳴った萩原の前で、今度は新垣が落ち着きを取り戻す。

「なら、名前」

怖いくらい、穏やかな声を出す。

「萩原祭の名前は、事務所のものだから、それも使うことができなくなるよ？」

「うお、そうくるんだ」

萩原が、軽蔑した目を新垣に向ける。

「ふざけないで。こちらは、大真面目です」

「いや、すげぇ世界だなって、改めて。なら、それでもいいっすよ別に」

「え？」

「ＰＨＹに戻って、一からやり直します」

「ちょっと、待ちなさいよ」

脱力。新垣は、その場に膝から崩れ落ちた。

「萩原祭の名前を売るために、私がどれだけ苦労したと思ってんの？　あんたが一人で勝手に成功したとでも思ってるの？　一緒に作り上げてきた萩原祭を、そんなふうにあんたが一人で捨てられるとでも思ってるの？」

床に額をつけてすすり泣く新垣に、萩原はいたたまれないような気持ちになる。

「それは、本当に申し訳ないと思っています」

新垣の頭の中には、たった半年ほど前の萩原との会話が、モノクロームのショートフィルムのように流れていた。

「まだ早いですよ、お礼なんて。ここからです」胸を張ってそう言い切る自分がいる。「でもオレ、既にこんなの初めてだから。こんなにオレが売れるって信じてくれた人、マジで初めてで。自分でも信じられなくなってたとこだったから」萩原はあの時、子どもみたいな顔をして泣いたんだ。「純粋にすげぇ、嬉しいです」

そこから私たちは駆け上がったんだ。萩原祭は時代の顔となり、渋谷をジャックした。一気に知名度が上がった。忘れられない。ロケ車を降りた途端に、街にいた若い女の子たちからあがった歓声。映画も決まって、ここからだった。それなのに、どうして。一体どうして、こんなことに。

「わかった。私も辞める」

新垣が顔を上げた。涙でぐちゃぐちゃになった顔面に、白髪混じりの長い前髪が張り付いている。

「え、ちょっと」

萩原の中では、今すぐに新垣から逃げ出したい気持ちばかりが肥大して、もう爆発してしまいそうだった。

「すべては私の監督不行届き。責任をとって辞表をかく。社長には筋を通す。ほとぼりが冷めたら、私があなたの個人事務所を立ち上げる。それでいいね？」

「……いや、ちょっと待ってくださいよ」

「何、それも嫌なの？　ワガママが過ぎる！　そこまでしてくれる人がどこにいるって言うの？」

「いや、え。感謝はしています。でも、いや、なんかオレって新垣さんの所有物じゃない」

気づいた時には、新垣は飲みかけのビール缶を手に摑み、萩原に向けて投げつけていた。

「……刺されるよ、あなた。最後は女にきっと刺されて終わる」

「……ちょっと、正直、新垣さんが今、何言ってるか、わかんないっす。仕事の話ですよね？　え、やめてくださいよ！」

新垣はテーブルの上にあったビール缶を、次々摑んで萩原に投げつける。

「痛ッ！」

空の缶が、萩原の額を直撃した。それでも投げ続けようと新垣はテーブルに手を伸ばしたが、もうビールの缶は残っていない。萩原の額の切り傷から、赤い血が滲む。

「ああ、そういうことか」

萩原はそこに手で触れて、指についた自分の血を見ながら言った。

「思い出した。時代劇のオーディション。オレ、落ちたんですけど。斬られる役だったんですよね。刺したいほど気持ちがあるってことか。新垣さん、オレのこと好きなんですか？」

新垣の顔から、みるみる血の気が引いていく。言わなくても良いことだったのかもしれない、と萩原が気づいた時には遅かった。

「……馬鹿にするのも大概にしろ!!　大人をおちょくってたら、いつか必ずまた痛い目に遭うからな!!」

泣き叫びながら飛びかかってきた新垣を床に投げつけて、萩原は靴も履かずに部屋を飛び出した。

「あんたなんか、地獄に堕ちてしまえ‼」

逃げる萩原に、部屋から罵声が飛んでくる。非常階段の重たいドアを押しあけて、裸足のまま一目散に階段を駆け下りる。24階。下りても下りても階段は続いている。拭っても拭ってもこみ上げてくる涙が、ダッシュで階段を下りる萩原の後ろのコンクリートに飛び散っていた。

地上に着いたらどこに行こう。向かうべき先なんか、もう全くわからなかった。

オレ、そんなに悪いことしたのかな。性欲があった。それだけっちゃ、それだけなんだけどな。いや、わかっている。自分が悪かったのだ。悪くなかっただなんて思ってはいない。ただ、情けなくて、涙が出てくる弱い自分が許せなくて、キリに会いに行く勇気なんかどこにもないけど、胸が張り裂けそうになるくらい会いたかった。この部屋の中に隠れていた2ヶ月の間、ずっとずっとキリのことを想っていた。

誰かを、そこまで強く恋しく思ったのは初めてだった。

「わかったよ、サイ。告白、待つね」

キリが言ったいつかの言葉が、心に浮かんで消えてくれない。いくらなんでも、もう手遅れだろうと、わかってはいるけれど。それでも、階段を下り続ける頭の中には勝手にキリとの会話が次々浮かんできてしまう。

「ここのパンケーキが、一番美味いと思わない？」

「関係に名前って必要？」

「ねぇ、サイ、最近いつした？」

「え？　サイは、私のこと、お嬢かなんかだと思ってる？」

「それは、でも、そうだろ普通に。持ちビルの家賃収入で食ってるっていったら」

「馬鹿だね。私、愛されて愛されてワガママを許されて育った感じする？」

「バカって、お前。でも、そうだな、それなりには」

その日もキリは自分の育ちのことを教えてくれなかった。オレたちは原宿のカフェにいた。冬だった。新しい冬が、もうとても近い。息が切れる。冷たい空気を一気に吸い込んだ心臓が痛い。

そうだ、あの日は確か——。


「ヴァレンタイン」

鍵が合わなくなっていたマンションの部屋の前で、ユウカはつぶやいた。「引っ越した？」とヒデツグにラインを送りながらも、カミラに盛大に馬鹿にされた2020/2/14の自分のツイートを思い出していた。

「まだシャバでもそんなイベントをやってる奴がいんのかよ」って、恋に落ちたボクのことをカミラは鼻で笑い飛ばした。ドアノブを右に回しても開かなくなった家の前にいると、当時の記憶はもう遥か遠い昔のことのように思えてくる。

ユウカは〝最後のツイート〟投下の日にちを2021/2/14に設定することにした。来年のヴァレンタインにも、カミラにはボクのツイートを見てドン引きして欲しい。

「引け、引け、散れ、散れ、いらねぇんだよもう誰も」

ボクはずっと、カミラみたいになりたかった。

だってボクは「10代の頃からリア充をひがむことでこじらせた、つまりはモテない側」に属した人間。

伝わるだろうか。伝わらないか。まあ、それはもうどっちでもよかった。だって、どっちにしたって「さようなら」。過去の自分への決別表明を、今ボクは、未来の日付で投稿する。

「本当に幸せな人はSNSで幸せを匂わせたりしない」ボクはそうは思わない。何故なら、物心ついた頃からカミラのファンだから。

ヒデッグのことを語るYouTubeでのカミラはいつだって本当に幸せそうで、しかもそれが家の中でのカミラと一ミリも差がないことをボクは知っている。

「引け、引け、散れ、散れ、いらねぇんだよもう誰も。周りがドッと引けば引くほど、残る世界に二人きり」

予約投稿の設定を終えてツイッターアプリを閉じると、スマホが鳴った。ヒデッグ。着信が鳴り止むまで、ユウカは目を閉じる。

幼い頃の、ヒデッグの可愛い姿が脳裏に浮かぶ。この世の何より大切そうに抱きかかえているのは、若き日のカミラ。

「お互いのことしか眼中に入らない状態の二人は無敵」

着信音が止むと、今度はラインが入る。ヒデッグ。

「ユウカちゃん！　ずっとずっと連絡待ってたよ！　前にラインしたんだけど届いてなかったかな？　先週、ママと引っ越したんだ。僕の学校の近くになった！　元気なの？」

「心配かけてごめん。ボクは元気だよ。親子二人で幸せに」

泣きそうになった。最後にヒデッグの顔を見たかった。だけど、いいんだ。ボクもこれから家族をつくる。きっと来年のヴァレンタインには、今飛ばしたばかりの投稿が真実になっている。

竹永が、タクシーの中で待っている。羽田に着いたら、二人で飛行機に乗ることになっている。

「さようなら」

ユウカはそう呟きながらスマホからツイッターのアプリを削除して、家族三人で過ごした四谷の部屋を、振り返ることなく後にした。

To Be Continued.

Chapter 13.

時よ、

止まれ――――。

「ご無沙汰しています。まだ見てもらえるかわからないけど、本日無事、出産予定日を迎えたことを報告したくてメッセージしました。あれから色んなことがありました。でもきっと、それは誰だってそうですよね。今年は大変な年でしたね。それでも同じ満月の夜に、それぞれの願いが叶ったあなたのこれからの幸せを、心よりお祈りしています。メリークリスマス」

オレンジ色のランプシェイドだけを灯した部屋で、毛布にくるまったキリはパソコンに届いたばかりの文章を読んでいる。

心が、弱っているのだと思う。だから、嬉しいのに笑顔になれない。祝福したい気持ちは確かにあるのに、感情も顔の表情筋もどちらもピクリとも動かない。

初夏に妊娠報告を受けた赤ちゃんが、もうすぐ誕生する。あれから、そんなにも長い時間が経過したことを思い知る。

春の満月。突然のデート。観覧車。サイとの距離が最も近づいた、あれは私にとって間違いなく今年一番に幸せな夜だった。

窓外で朝日が昇ってゆくタクシー内でのキスをピークに、そこからの運勢は転がり落ちた。私もサイも。ううん、サイの運気は、あの直後からまるでハヤブサみたいに急上昇してから急降下。心が、瀕死の重傷を負っているんじゃないかと思っている。でも、ギリギリのところで生きているんだろうなって想像している。

2ヶ月前、10月に一度だけサイからの着信があった。すぐに折り返したけれど、サイは出なかった。どうしてその時に限ってスマホの振動音に気づかなかったんだろうって、悔やんでも悔やみきれない思いだった。でも今は、着信が入っていることに気づかなかったことにも意味があったんじゃないかと思っている。

着信があった日から数えて5日後に、サイが事務所を辞めたというニュースが出た。金髪だった頃のサイの顔写真と共に「素行不良による解雇！」という巨大な文字がスポーツ新聞の一面を飾っていた。酷い書かれようだった。ネットでは、サイのドラッグ使用を疑う声まで出始めた。

キリが取り損ねたのは、事務所を辞めることを告げる電話だったように思っている。もしかしたら、電話をかけたサイはその時、泣いていたんじゃないかってキリは考えている。なら、着信に気づかなかったのは幸運だった。キリは知っている。サイが、キリの前ではカッコつけていたい性格だってこと。自惚れかもしれない。でも、たったの7分後に折り返した電話にサイは出なかった。ギリギリのところで、サイは自分を持ち直したのだと思う。

だって、今更どんな面を下げて、私に甘えるんだよ。

せめて、そのことをわかっているサイでいて欲しい。

「あの満月の夜を幸せのピークに、好きな人とはもう会えていないです。でも、お腹の赤ちゃんがすくすく育ち、もうすぐにでも産まれそうとのこと、私もとても嬉しい。未来に希望を見ます」

送信ボタンをクリックしながら、パソコン画面の向こう側にいる女の人の表情を想像する。顔もわからないのに、キリは彼女の今の表情が気になった。何故だろう。自分と同じような暗い顔をしているように思ってしまう。

「今、幸せですか？」

続けて打ち込んだ文字を、キリは後ろから消してゆく。彼女の空白のアイコンにはまだオンラインマークがついているが、もうそこに彼女はいない気がした。

キリは膝の上のノートパソコンを閉じて、ベッドから起き上がる。靴下を履いた足を床につけると、「サイ」。心の中で名前を呼ぶことがすっかり癖になっている。床に落ちた毛布を拾いながらも、「サイ」。声に出すことなくまた思う。「サイ」。一日の中で何度も、何度も繰り返し恋しく思っている。「会いたい」。

頭の中に聞こえる声はもう一人の自分だと教えてくれたのも、相談アプリの彼女だった。そう考えると、私はどんな時も一緒にいることができる一番の友達を常に頭の中に住まわせていることになるのだけれど、私が「サイ」って言うと、もう一人の自分はすぐに「会いたい」って答えてくる。どちらの私もサイに対してだけは、ピタリと好きが一致する。

どうしてだろう。あんな動画を見てもまだ、私はサイのことがどうしようもなく好きだった。

でもさぁ。頭の中で声がする。サイに復讐したくなる女の子側の気持ちもわからなくはないってところもない？　もう一人の自分が私に聞いてくる。わからないよ、私は。俳優になることはサイの一番の夢だから。相手が自分以上に大切にしているものを破壊してしまいたいと思うのは、恋であり愛ではない。

じゃあさぁ。他の女の子とあんなセックスをしている相手のことをまだ大事に思うのは、恋ではなくて愛なのかな。頭の中の声が心にまで響いてくる。だってさぁ、恋ならもっとおかしくなってるはずだよね。

「十分、私、おかしくなってるよ」声に出して、キリは言った。

「ただ、サイの好きなところを私は今、見習ってる」

言い切ると、もう一人の自分はもう喋りかけてはこなかった。……。部屋も、頭も、心も、同時に静まり返った状態に耐えきれず、キリは再びベッドに座ってパソコンを開いた。

「P.S. メリークリスマス」

オフラインになっていたアイコンに追加で送った瞬間、テーブルの上のスマホが鳴った。サイの着信を取り逃がして以来音声をオンに設定している着信音が、部屋に突然鳴り響く。早く。早く出なければ。もしまたこの電話を取り逃がしてしまったら、との思いにキリの身体が一瞬すくむ。

画面を見なくても誰だかわかる。キリに電話をかけてくるような相手は、そもそも世界にサイしかいない。キリはスマホに飛びついた。

「……ありがとう、でてくれて」

ずっと聴きたかった、聴きたくてたまらなかった、懐かしい声がする。

「…サイ」

「うん」

「…元気？」

「うん」

「キリは？」

「…どうだろう」

「ごめん、ね」

「…ん？」

「一番は、無視したこと」

「……うん」

「……なんか、懐かしいな。キリがスマホの向こうにいるって思うと」

「……うん」

「身勝手なこと言ってるのわかってるけど」

「……」

「会いたいな」

「…うん」

「……うん、ばっかだな」

「……そうだね」

「なんか、泣いてる？」

「ううん、泣かない。泣くもんか」

「…そっか」

「うん」

「ずっと、会いたかった。ごめん、ほんと、今更だけど」

「今更っていうなら今すぐ会いたい。今どこにいるの？」

「……すげぇ、言いづらいんだけど」

「……」

もう、サイは東京にはいない？　何故かそう思ったキリの胸が限界まで締め付けられたその次の瞬間、「お前んちの下にいる」。

キリはスマホを放り出して部屋を飛び出した。エレベーターがくるまでの間も止まっていることができず、その場で足踏みしてしまうほど待ちきれなかった。6、5、4。エレベーター内の階数ボタンに灯るオレンジの光が、下に流れてゆくのをじれったく思って目で追った。3、2、1。ドアが開く。キリは駆け出した。自分が化粧をしていないことに気づいたのも、ビルの前に立っていたサイと目が合ってからだった。

「あ」

サイはキリを見て、恥ずかしそうに自分の頭に手を当てた。

「……坊主」

キリはそう言って、微笑みながらサイを見つめた。どうしても泣きたくなくて、奥歯にグッと力を入れた。

「お前、痩せたな」

「お前も、痩せたね」

「いや、だから、お前って呼ぶなよ」

サイが笑う。坊主だけど、いつもの笑顔だ。

「前も言ったけど、お前同士だろ、私たち」

笑い合ったら、もう無理だった。

「サイ、坊主、似合わないね」

泣きながら笑うキリを見て、

「ふざけんなよ。マジかよ」

サイは更に笑って、そして泣いた。

「てか、めっちゃくちゃ寒いね。部屋あがろ？」

先にビルに入ってから、すぐ後ろにいるサイに「あっ」と言ってキリが振り返る。

「ここのバー、潰れちゃったんだよ」

「あー、ね。思った」

それはキリがずっとサイに伝えたくて、でも連絡をすべきかどうかを迷いに迷って、ラインに何度も文字を打ち込んでは消したことだった。コロナで一階のバーが潰れたこと。たった、それだけのことすら伝えることができなかったこの半年間、キリは自分が思うより孤独だったのだと今、思う。そして今、本当になんでもないようなことを――それでもどうしても伝えたいと願うことを――たったの一言で伝えられる距離にまた、サイがいる。

「こうしていると、なんか、夢を見てたのかなって。それは悪夢だったのかな、どうだろうって。時空も世界も、何が現実なのかも、もうすべてがよくわからなくなってくるよ」

エレベーターのボタンを押してから、返事をしないサイのほうをまたキリは振り返る。

「やっぱ、部屋に入るのはやめておくよ」

キリの目を見て、サイが言った。

「え、うそでしょ？」

「今日はただ、顔見たくて来ただけだから」

「……」

あまりのショックに、キリは言葉を失った。

「……なんか、ごめん」

サイが目線を落として呟いた。そんな悲しそうな顔をして、謝られたくなかった。ごめんなんて、そんなの一番傷つく言葉だから。やめて。

「わかった」

キリは奥歯にまた力を入れて、サイに背を向けてドアが開いたエレベーターに一人で乗り込んだ。

放心状態の中、またか、とだけ思う。

何度こんなふうに、急上昇させられた感情をいきなり急降下させられれば、私は気がすむのだろう。忘れていたわけではないのに、サイの癖の強さをまた最悪なカタチで思い出した。半年ぶりに会っても、また、これか。苦しい。苦しい。苦しくて、今にも死んでしまいそうなほど。好き。好きだ。こんなことになってもどうして、どうしてまだこんなに好きなのか。

あんなに泣きたかったのに、サイの前ではあんなに泣くことを我慢したというのに、もう涙も出ない。

抜け殻のようになった身体でフラフラと、キリは部屋のベッドに倒れ込む。脚に当たったスマホを手繰り寄せると、サイからラインがきていた。

「年越しは？　もし予定なければだけど、一緒に過ごさない？」

底辺まで沈んでいた気持ちが、また同じ男の手でフワッと浮きあがる。

「予定なんかあるわけないじゃん。年明けまで一緒にいてくれるならいいよ」

我ながら簡単な女だと悔しく思いながらも、キリはすぐに返信を打っていた。

「わかった。あと、言い忘れた」

スマホのすぐ向こうにサイがいる。

「なに？」

「メリークリスマス」

サイが打ったその言葉を合図に、ライン画面に大きなクリスマスツリーが浮かび上がった。それを見たキリの頬がフワッとゆるむ。嬉しくて、嬉しくて、すぐに満面の笑みへと変わってゆく。

「私も言い忘れたことがある」

「なに？」

「サイ、坊主似合わないよ」

「うるせえ！　つか、それさっき言われたし。しつこ！」

キリは一人の部屋で、声を出して笑っていて、笑っているうちにやっと自然に泣けてきた。サイがまた、自分の人生の中に戻ってきた。否、戻ってきてしまった。

2020年がいよいよ終わるということで、今年への絶望なのか来年への期待なのか人々は騒がしく、夜の新宿は人で溢れている。ごくたまに、マスクをしていない人間を見かけると「あ」と少し異様に思うほど、もうすっかり誰もが当たり前のようにそれぞれの好みが反映されたマスクを身につけている。

キリの視界に、蜷川実花の花柄マスクをつけた若い女の子が入る。彼女は、ユニクロに入店するための検温の列に並んでいる。「もう少し間隔をあけて並んでください」と、スタッフが客たちに声をかけている。

「なんか、疲れたな」

坊主にニット帽をかぶり、黒いサングラスと黒いマスクをしたサイに人は気づかない。

「つか、電子タバコしか吸えない店ばっかだけど、メーカーと政府の癒着あるだろ絶対。オレ嫌いなんだよな、あれ芋みたいな変な匂いしねえ？」

「芋って、うそでしょ」

「いや、ほんと。タバコも吸えねぇし、もう疲れたマジで」

隣を歩くダウンジャケットを着込んだキリに、サイはもたれかかろうとしてバランスを崩す。

「なんだよ、なんで避けるんだよ！」

転びそうになったサイに、白いマスクの奥でキリが笑う。

「やめろ！　甘えるな！　オレは、弱い奴が大嫌いなんだよ！」

「え？　なにそれ、オレの真似？」

「うん。前に私がサイに寄りかかろうとした時に、身体すっと避けてそう言ったの。忘れられないんだよね。だって、疲れたって女の子がよりかかってきた時に、そんなこと言う奴、いる⁉」

「確かに、最悪だな。今、やられてよくわかったわ」

「ほんと、最悪。でも、今年よく思い出してた、その時のこと。すごいムカつくけど、いいこと言ってるし、最後には笑っちゃうんだよね、思い出すたびに」

「いいこと言ってんのか？　それ」

歩きながら、サイは苦笑する。

「カッコつけるって、大事だなって思ったんだよ。そのセリフを弱い奴が言うから、いいんだよ。

弱いお前が、弱い奴が大嫌いだって叫ぶから、響くんだよ」

「すげぇディスられてない？　オレ」

「褒めてる。サイ、今年やばかったでしょ。でも、生きてるじゃん。強いよ。強くなったんだよ」

「まぁ、な。あ、オレさ、劇団入ることになった。須藤ニシって知ってる？」

「オンライン舞台一緒にやった人でしょ？　コロナにもなったよね？」

「そうそう。重症化して、大変だったんだけど先月やっと退院してさ。事務所辞めるって決めた時からニシさんの劇団に入れて欲しいって、オレずっと思ってて。で、やっと話せて、了解もらえて、正直ホッとした」

「そっか。おめでとう」

「うん。バイトも探す。１からやるよ」

「役者は辞めないんだね。良かったよ」

「他にねぇもん、したいこともできることも。逆に、ある？　オレに他にできること」

「ないと思う。その性格で、会社員も務まるわけがない」

「その性格って、お前」

「悪気ないけど変わらないって、変えられない性格ってことだからさ。性質っていうのかな？

協調性も皆無だし、うん、会社で働くとかサイには無理だよね。でも、それも才能だよ」

「才能かどうかわかんないけど、映画撮っててさ、オレ降板しなきゃいけなくなったからもう出てないんだけど。ただ、やっぱりここだなって思ったんだよね。映画、好きだって。で、今まで舞台とか好きじゃなかったんだけど、ニシさんと話してて初めて気づいたことも多くて。芝居の基礎は舞台にあるっていうか。オレ、まだまだ全然修業が足りないんだよ。だから、来年は基礎から頑張るかって思ってんだ」

「……そっか。てか、めっちゃ寒いね。早く家戻りたい」

「え。オレの今の話の感想が、それ？　お前ってほんと、なんだろ、冷たいよな」

笑ったサイの吐く息が真っ白で、近くでキリはサイの横顔に見惚れている。カッコつけてるうちに本当にカッコ良くなるってこと、あるんだなって心の中で思っている。

「冷たくないよ、私。さっきのはあんたの真似だもん。もう一回寄っかかってきていいよ。今度は受け止めてあげる」

「いや、もういい。二度とやらねぇ」

「時には、甘えるのも大事だよ」

「……時には、な」

「サイ」

「なに」

「カッコ良くなったね」

「え」

「よく乗り越えたねって思って、色々」

「いや、だって、自業自得っちゃ自業自得だから。迷惑ばっかかけまくったし」

「そうだね。うん。てか、いや、いいや」

「なに？」

「や、なんか。私が告白した時に、黙って私と付き合って私のことだけ抱けていれば良かったのにねって思ってた。今更だけど」

「……それ、言う？　今」

「うん。言う」

「あのさ、キリ。今更って言われるかもしれないけど」

サイが足を止める。

「なに？」

キリも一歩先で足を止めて、振り返る。

「オレたち、付き合わない？」

「……」

　キリの心臓が、自分でもわかるくらいに強く脈打った。

「本気で言ってる？」

「本気じゃなかったらやばい奴だろ、オレ」

「だって、やばいじゃん、あんた」

「……まぁ。でも、本気で言ってるよ」

「そっか。付き合わない」

「え？」

「付き合わないよ！」

　もう一度言ってから、キリはまた歩き出す。嬉しかった。泣きそうになるくらいに、嬉しかった。ずっと、ずっと待っていた告白だったから。返事だって、ずっと前から決めていた。付き合わないよ。あんたなんかと付き合ったら、メンタルが保たないよ。どう考えたって、絶対に無理。

「よく、わかんねぇけど、ま、振られるよな」

　ボソボソ言いながら、サイもまた歩き出す。

「うん」

「でも今からお前んちには行っていいの？」

「もちろん！」

「よくわかんね。お前もかなりヤベェ奴だぞ。そこも、嫌いじゃないけど」

「アハハ。てか、嫌いじゃない、じゃなくて好きだって言えばいいじゃんね」

「うるせえ！　こっちは振られてんだよ！」

「アハハ！　確かに！」

サイも笑いながらキリの肩に腕を回す。誰の目にもカップルに見える二人が、大晦日の新宿の中に紛れ込んでゆく。


本日、子どもが生まれました。元気な男の子です。ご報告させてください。
P.S. こんなことを言うのはおかしいかもしれないのですが、2021年になったらお会いしませんか？

サイと食べ終えた鍋の蒸気に包まれた部屋の中で、パソコンを開いたら届いていた。キリは、そのタイミングにとても驚いていた。

おめでとうございます!!　私もお会いしたいと思っていました。どんな表情をされる方なのか、ずっと気になっていました。そして今、あの満月の夜以来、9ヶ月ぶりに好きな人と一緒にい

ます。ご家族で、幸せな新年を迎えてください。
P.S. もし良かったらお名前を教えてください。私はキリと申します。
隣でカチャカチャとキーボードを叩き出したキリを不審に思い、「どうしたの？」とサイが聞く。

「ううん。不思議な縁って、あるんだなって思って」

パソコンを閉じ、サイが寝転んでいるベッドのはじに腰掛ける。

「縁は、あるよな。良くも悪くも。自分じゃコントロールできないことでこの世界は溢れてる。今年すげぇ感じた。運も、絶対にあるよ。オレさ、お前に背を向けた途端に運が悪くなる。怖いくらい感じたことなんだけど、これ」

「ああ、うん。私もそれは感じてた。本気で」

「だよな。うん。怖いよ。いや、でも、それは違うか。やっぱり自分のせいでしかねぇかも、不運も」

「縁と運。関係はしてると思うよ」

「つか、お前はどうすんの？　詩、書いてるの？」

「また書くよ」

「あ、もう書いてねぇの？」

「予約投稿がちょうど、今日で終わる。明日からは、リアルタイムで書いていくよ。新しいこと、書けそうなんだ」

「そっか。出版は？　しねぇの？」

「職種が違うもん。私のは、ネットで成り立つ詩の世界」

「そういうのも、いいと思うよ」

「うん。でもそれは、私の場合はビルをもらったからだよね。感謝してる」

「誰から？　男でも別に引かないから教えてよ。ずっと気になってて」

「男っていうか、14歳の時に、私を施設から引き取ったお父さん」

「……」

サイが、ベッドから上半身を起こしてまっすぐにキリを見る。

「それまではもうずっと施設だったから、このままでいいかなって思ってたんだけどね。養子にしたいと言ってくれるご夫婦と出会えて。お母さんのほうが娘を欲しがっていたのね。それも何故か、子どもじゃなくて話し相手になる年頃の娘が欲しいって。

その時はわからなかったけど、彼女、心の病気だったのね。一緒に暮らし始めたら、夫が私に欲情しているって妄想に取り憑かれたように嫉妬に狂ってしまって、もう、すべてがうまくいかなくなっちゃってね。で、お父さんは元々、そんなお母さんを支えている人だったんだよね。彼女の希望を叶えるようにして娘を養子にとれば変わるかもって、思っちゃったんだろうね。藁にもすがるような思いだったんだと思う。

で、お父さんはそんな感じでそもそもお母さんのものだったから、15歳の時に養子縁組が解消されて、このビルは、お父さんからの罪滅ぼしだったんだ。絶縁を条件にしたギフト」

「……そっか。なら、十分すぎるくらいの対価、もう払ってんじゃん。別に、もらっていいっしょ、それは」

「うん。そう思ってるよ、私も。運が、悪いようで良かったなって、思っているよ。自分のこと、ちょっと怖くなるくらいラッキーだって思ってる。だって、そもそも私は、生まれた翌日から施設に預けられた子どもなんだよね」

「……」

「でもそれってさ、中絶されてもおかしくなかったのに、むしろ中絶されなかったのが不思議なくらいなのに、何故かここに生まれたし。まだここに生きているし。だから今、サイとこうして話していられるわけで。感謝してるよ……運とか縁とか、そういう目には見えないものに味方されてきたことを。特に今、すごく、ものすごく」

生まれてこれて良かったたって、思ってる。産んでくれてありがとう、どこかにいるお母さん。

「お前は、強いな」

サイが言う。

「お前も、強いよ」

キリが笑う。

「いや、だから、お前って呼ぶなって」

「だから、お前同士だろって、私たち」

「キリ」

真顔になってサイが言う。

「なに？」

キリはまだ笑っている。

「今更だけど、抱きたいっていったら、怒る？」

「え？」

キリの顔から笑みが消える。

「抱きたい。でも、怒るならやめとく」

「……弱虫」

キリの目に涙がこみ上げる。

「なんだよそれ」

「怒られてもめげない勢いで、きてよ！」

勢いよくサイがキリを押し倒す。顔が近づき、キスされる。


時よ、止まれ――――。


どんなに強く念じたって、時は、止まらない。止まってくれない。これからも、どこまでもどこまでだって止まってくれないこと、知っている。

しばらくすればサイの舌は私の舌から離れるし、セックスが終わってしまえばサイの身体も私の身体から離れるし、また私たちの間には距離ができて、かと思ったらきっとまた近づくし、またこれからもしばらくは終わってくれない。

付き合っても付き合わなくっても、どちらにしたって同じように、私たちは終わる時期を自分たちの手では選べない。ただ、それでもいつかは必ず終わる。人は死ぬ。私もあんたも彼も彼女も、みんな死ぬ。そして、その後だってまだ、秒針は永遠に一定のリズムでまわり続けるのだ。

酷い！

キリは心の中で泣き叫ぶ。

憎い！

時を止めたいと願わせるあんたが、キライ。

どうか、私とのこと、忘れないで欲しい。

いつかのサヨナラを超えても、それでも。

お願い！

だから、傷跡。

キリは自分の身体の中に入ってきたばかりのサイの肩に、思いっきり深く爪を立てた。

「イテェッ！　え、何？」

驚いて顔を上げたサイの頭を、キリは抱え込んでキスをした。身体をつなげたまま、キリはサイを下敷きにして上になる。

「痛いくらい、好きだよサイ」

知らぬ間に涙で頬に張り付いていた髪を掻きあげながら上半身を起こし、サイの視線を感じながら、キリはゆっくりと腰をくねらせはじめる。二人の意識の届かないところで、あっけないほどの正確さを持って秒針が0を越える。

何があっても一定のスピードを崩さぬ地球が、秒で２０２０年を通り過ぎる。

The End.

別ればなしから、もうじき三年。
長編小説を描きたくなる恋は稀。
完結した瞬間、昇華され過去へ。

俳優のお前へ
ありがとうね

本書は「小説幻冬」２０２０年３月号から12月号まで連載されたものに、加筆修正を加えたものです。

Cover illustration by
Alicia Rihko

Back cover illustration by
Yanagida Masami

Book design by
Kyo-ko Fujisaki

LiLy《リリイ》

作家。1981年横浜生まれ。N.Y.、フロリダでの海外生活後、上智大学卒。音楽ライターを経て2006年デビュー。小説『SEX』（幻冬舎）、エッセイ『オトナの保健室』（宝島社）など著作多数。現在は雑誌「オトナミューズ」「VERY」「Numéro TOKYO」にて連載。「フリースタイルティーチャー」（テレビ朝日）に出演中。

@lilylilylilycom

別ればなし TOKYO 2020.

2020年12月15日　第1刷発行

著　者　LiLy
発行人　見城 徹
編集人　森下康樹
編集者　壷井 円

発行所　株式会社 幻冬舎
〒151-0051 東京都渋谷区千駄ヶ谷4-9-7

電話：03(5411)6211(編集)
03(5411)6222(営業)
振替：00120-8-767643
印刷・製本所：中央精版印刷株式会社

検印廃止

NexTone　PB000050909号
JASRAC 許諾番号　2009855-001

Printed in Japan
ISBN978-4-344-03729-8　C0093
幻冬舎ホームページアドレス　https://www.gentosha.co.jp/

この本に関するご意見・ご感想をメールでお寄せいただく場合は、
comment@gentosha.co.jp まで。